書下ろし

奥州 乱雲の剣

はみだし御庭番無頼旅

鳥羽 亮

目次

第一章　堂源流（どうげんりゅう）

1

満天の星だった。秋の涼気を含んだ風が、神田川の岸に群生した葦を揺らし、サワサワと音をたてている。

そこは、神田駿河台だった。神田川沿いの道をふたりの武士が歩いていた。

「俊之助どの、すこし遅くなりました。急ぎましょうか」

そう言って、森田勝兵衛が足を速めた。

森田は手に剣袋をもっていた。竹刀が入っているらしい。森田は二十二、三歳であろうか。中背で胸が厚く、肩幅がひろかった。剣術の稽古で鍛えた体である。

「今日は、遅くまで稽古をしたからな」

矢島俊之助も、足を速めた。

俊之助は二十歳だった。長身で痩せていたが、背筋が伸びて腰が据わっている。俊之助も、少年のころから剣術の稽古で鍛えたのである。

ふたりは、下谷練塀小路にあった中西派一刀流の道場で稽古をした帰りだった。ふだんは、暮れ六ツ（午後六時）前に道場を出ていたが、今日は、遅くまで残り稽古をしたため遅くなったのである。ふたりは、神田小川町にあった滝田藩七万石の上屋敷に帰るところだった。

「急ぎましょう」

森田が言った。

「そうだな」

ふたりは、さらに足を速めた。

通りの前方、左手に太田姫稲荷の杜が見えてきた。ふたりは稲荷の手前で、右手の通りに入り、小川町にむかうのだ。

矢島と森田が、稲荷の手前まで来たときだった。ふいに稲荷の杜の樹陰から、人影が飛び出してきた。

ふたり――。顔は夜陰に紛れてはっきりしなかったが、ふたりとも小袖にたっつけ袴で二刀を帯びていることがみてとれた。武士である。ひとりは、長身だった。もうひとりは中背で、ずんぐりした体軀をしていた。

俊之助と森田は、足をとめた。ふたりの武士は、足早に近付いてくる。その顔が、月明かりのなかにぼんやりと見えた。

俊之助も森田も、ふたりの武士に見覚えがなかった。

「何者だ！」

俊之助が誰何（すいか）した。

ふたりの武士は、無言で近寄ってきた。

そのとき、俊之助は背後から近付いてくる足音を耳にした。振り返ると、大柄な武士が大股（おおまた）で歩いてくる。

大柄な武士はがっちりとした体軀で、腰が据わっていた。月光に浮かび上がった顔は眉（まゆ）が濃く、頤（おとがい）が張っていた。

俊之助には、何者か分からなかった。

「森田、川を背にしろ！」

俊之助が声をかけた。

俊之助と森田は、すぐに神田川を背にして立った。相手は何者か分からなかったが、前後から襲われるのを避けるためである。

三人の武士は、左右から走り寄った。そして、俊之助の前に大柄な武士が立ち、森田の前には長身の武士が歩を寄せてきた。もうひとりの中背の武士は、俊之助の左手にまわりこんだ。

「われらを、滝田藩の者と知っての待ち伏せか！」

俊之助が声高に訊いた。

「承知している」

大柄な武士が言った。双眸が夜陰のなかで月光を映じ、青白くひかっている。夜禽を思わせるような目である。

武士は左手で刀の鯉口を切り、右手を柄に添えた。抜刀体勢をとったのである。

「うぬの名は！」

俊之助も、刀の柄を握った。

「無名」

言いざま、大柄な武士が抜刀した。キラリ、と刀身が月光を反射して青白くひかった。

すかさず、俊之助も刀を抜いた。

……長い！

俊之助は驚いた。大柄な武士が手にしたのは長刀だった。三尺余はあろうか。通常の大刀は二尺四寸程度なので、かなり長い。

大柄な武士は、長刀の切っ先を俊之助の腹のあたりにむけた。青眼だが、かなり低い構えである。それに、通常の青眼より両肘をすこし曲げて腰を沈め、左右の足幅をひろくとっていた。

……槍のようだ！

と、俊之助は思った。大柄な武士の構えは、槍を手にして構えたときの格好に似ていたのである。

俊之助は、青眼に構えた。剣尖を大柄な武士の目線につけている。腰の据わった隙のない構えである。

ふたりの間合は、およそ四間――。

通常の立ち合いより、かなり間をとっている。俊之助は大柄な武士の構えに不気味なものを感じ、間合を遠くとったのだ。

「いくぞ！」

大柄な武士が先をとった。

長刀の切っ先を俊之助の腹の辺りにつけたまま、足裏を摺るようにしてジリジリと間合をつめてくる。

俊之助は青眼に構えたまま動かなかった。全身に気勢を漲らせ、斬撃の気配を見せて敵を気魄で攻めた。

だが、大柄な武士はすこしも動じなかった。低い青眼に構えたまま、一足一刀の斬撃の間境に迫ってくる。

俊之助は、大柄な武士の寄り身に威圧を感じた。切っ先が、そのまま腹を突いてくるように迫ってくる。

タアッ！

突如(とつじょ)、俊之助は甲走(かんばし)った気合を発した。気合で敵の気を乱し、寄り身をとめようとしたのだ。

と、大柄な武士は一歩を踏み込み、手にした長刀を、つッ、と突き出した。俊之助が気合を発した一瞬の隙をとらえたのである。

……腹を突かれる！

察知した俊之助は、青眼から刀を振り上げざま袈裟(けさ)に払った。

だが、俊之助の一撃は空(くう)を切った。

大柄な武士は、突きとみせて右手に体を寄せざま刀身を撥(は)ね上げた。一瞬の太刀(たち)捌(さば)きである。

ザクリ、と大柄な武士の切っ先が、俊之助の脇腹から胸にかけてを斬(き)り裂(さ)いた。

俊之助は後ろに逃げたが、体が揺れ、刀を構えることもできなかった。

間髪(かんはつ)をいれず、大柄な武士が、

イヤアッ！

と、裂帛の気合を発して斬り込んだ。

長刀を大きく振り被り、袈裟へ——。

その一撃は刀をふるったというより、棒や杖のような物で殴りつけるような斬り込みだった。

大柄な武士の切っ先が、俊之助の肩から胸にかけて深く食い込んだ。一瞬、俊之助は敵の刀が体に深く食い込んだ状態で、その場に棒立ちになった。それほど強い斬撃だったのである。

「討ち取った！」

叫びざま、大柄な武士が手にした長刀を抜き取った。

俊之助の肩から胸にかけて血が噴き、驟雨のように飛び散った。大柄な武士の一撃は鎖骨を切断し、深く胸まで達したらしい。

俊之助は、悲鳴も呻き声も上げなかった。顔を苦しげに歪めただけである。俊之助の体が大きく揺れ、腰から崩れるように転倒した。

地面に俯せに倒れた俊之助は、動かなかった。四肢を痙攣させているだけである。すでに、意識はないのかもしれない。

大柄な武士は倒れている俊之助の脇に立つと、俊之助の死を確かめてから、その場に屈み込んだ。そして、俊之助の袂で刀身の血を拭った。

大柄な武士が納刀しているところに、長身の武士と中背の武士が近付いてきた。長身の武士は、抜き身を手にしている。その刀身に血の色があった。

「森田はどうした」

大柄な武士が、ふたりの武士に訊いた。

「仕留めた」

長身の武士がくぐもった声で答え、手にした刀に血振り（刀身を振って血を切る）をくれてから鞘に納めた。

「長居は無用」

大柄な武士が、足早に歩きだした。

すぐに、ふたりの武士もつづいた。三人は、神田川にかかる昌平橋の方へむかっていく。通りに他の人影はなかった。頭上の弦月が、三人の姿を夜陰のなかにぼんやりと浮かび上がらせている。

2

向井泉十郎は、古着屋の奥の小座敷でひとり茶を飲んでいた。ひろい土間の天井近くに横に渡した竹に、びっしりと古着が吊してあった。汗と黴の臭いが、小座敷にもただよっている。

泉十郎は、鶴沢屋という古着屋のあるじだった。泉十郎の歳は五十がらみ、初老といった年頃である。

向井泉十郎という名もそうだが、体付きも古着屋のあるじらしくなかった。胸が厚く、首が太かった。腰も据わっている。剣の修行で鍛えあげた体である。

泉十郎は武士だった。その泉十郎が、ひとりで古着屋をやっているのには理由があった。泉十郎は幕府の御庭番だったのだ。それも、御庭番のなかでも表に出られない特殊な任務にあたっていた。

幕府の御庭番は、八代将軍吉宗が徳川家を相続するにあたって紀州から連れてきた薬込役の者たちに命じた役目だった。薬込役は、鉄砲に玉薬を装塡する者たちである。ただ、吉宗は鉄砲に玉薬を装塡させるために、薬込役の者を連れてきたのではない。己の身辺にいることの多い薬込役の者に、隠密として働かせるためである。そのため薬込役の者たちは、甲賀の忍びの者が多かった。

隠密たちは、ふだん将軍や要人の警護にあたっていたが、その裏で御府内だけでなく、諸国の大名の動向や領内の情勢なども探っていた。

ところが、泉十郎はそうした御庭番とは、一線を画していた。武家屋敷には住まず、身分を隠して市井で暮らしていた。そして、何かことあると、遠国へ出向き、隠密活動にあたっていたのだ。泉十郎が、市井の古着屋で独り暮らしているのもそのためである。

泉十郎が茶を飲み終えたとき、店内に入ってくる足音がした。吊してある古着の陰になって姿は見えなかったが、その足音に聞き覚えがあった。

……兵助か。

泉十郎は胸の内でつぶやいた。

兵助は古着屋の客を装って、鶴沢屋に姿を見せることがあった。兵助は幕府と泉十郎たち御庭番との繋ぎ役だった。動きが敏捷で足が迅く、仲間内では疾風の兵助と呼ばれている。

兵助は古着の間から顔を覗かせ、

「旦那、ひとりですかい」

と、小声で訊いた。泉十郎と、隠密御用のことを話しても差し支えないか確かめたのである。

「ひとりだ」

泉十郎は、兵助の方に体をむけた。

「今日は、土佐守さまの御用で来たんじゃァねえんで」

兵助が小声で言った。

土佐守とは、幕府の御側御用取次の相馬土佐守勝利のことだった。泉十郎は、相馬の指図で動くことが多かった。

御側御用取次は、将軍の側にいることの多い幕府の重臣で、三人がその任に就いている。相馬はそのひとりである。

本来、御庭番は将軍直属の隠密だが、実際に将軍と会って御用を命じられることはほとんどなかった。御側御用取次が御庭番を出頭させ、将軍の意を受けて隠密御用を命ずるのである。

そうした御庭番のなかでも、泉十郎は遠国への密行がほとんどだった。それに、泉十郎は他の御庭番といっしょに仕事をすることはなかった。武家屋敷には住まず、市井に身を隠していたこともあって、他の御庭番からは、「はみだし者」とか「はみだし庭番」などと揶揄されていた。

泉十郎と同じはみだし庭番は、他にふたりいた。居合の遣い手植女京之助と、変化のおゆらと呼ばれる女の御庭番である。

兵助自身は御庭番ではなく、相馬直属の繋ぎ役に過ぎなかった。ただ、そのときの状況により、連絡役として泉十郎たちの密行にくわわることもあった。

「兵助、何の用だ」

泉十郎が訊いた。

「駿河台で、武士がふたり斬り殺されやした」

「幕臣か」

「大名家の家臣のようで」

「おれたちと、何かかかわりがあるのか」

泉十郎は、大名家の家臣が殺されたからといって、自分たちには何のかかわりもないと思った。

「その場に、植女の旦那がいやしてね。鶴沢屋までひとっ走りして、旦那に知らせるよう言われたんでさァ」

「植女がいたのか」

「へい」

「行ってみるか」

泉十郎は腰を上げた。

植女は、ただの斬り合いではないとみたのだろう。それに、鶴沢屋は神田小柳町にあり、駿河台まで近かった。

泉十郎は古着屋から出ると、兵助とともに柳原通りを経て神田川にかかる昌平橋のたもとに出た。そこは八ツ小路とも呼ばれる場所で、中山道をはじめ八方から道が集まっていることもあって、大変な賑わいを見せていた。

泉十郎たちは八ツ小路の人混みのなかを抜け、神田川沿いの通りへ入った。その道を西にむかえば、駿河台に出られる。

駿河台に入り、前方に太田姫稲荷の杜が見えてきたとき、

「旦那、あそこですぜ」

そう言って、兵助が前方を指差した。

稲荷の手前に、人だかりがふたつできていた。斬られたふたりのまわりに、集まっているようだ。その辺りは武家地ということもあって、集まっているのは武士や中間などが多かった。

人だかりに近付くと、植女の姿が見えた。大勢集まっている人だかりの後ろに立っている。植女は小袖に袴姿で大小を帯びていた。武士体である。

植女は泉十郎と同じはみだし庭番だったが、町人として暮らしているわけではなかった。ただ、幕臣や江戸勤番の大名の家臣には見えなかった。牢人のようである。

3

「植女の旦那」

兵助が植女に近付いて声をかけた。

「向井どのも、いっしょか」

植女は、近くにいる者に聞こえないよう声を潜めた。

植女は二十代半ば、面長で切れ長の目をしていた。端整な顔立ちに、憂いの翳がある。幼いころ父母を亡くし、叔父の家で育てられたせいかもしれない。

「武士が斬られたそうだな」

泉十郎も小声で訊いた。

「ふたりだ」

植女が別の人だかりを指差して言った。

「ふたりとも武士か」

「そうだ。ともかく、見てみろ」

植女が立っている場から、人だかりのなかほどを指差して言った。

泉十郎は、人だかりの間をすり抜けて前に出た。兵助はついてきたが、植女は後ろに残っている。

人だかりのなかほどに、羽織袴姿の武士が五人集まっていた。いずれも、江戸勤番の藩士らしかった。その五人の足許に、武士体の男が俯せに倒れていた。着物の肩口が大きく裂け、地面がどす黒い血に染まっていた。広範囲に血が飛び散っている。

……出血が激しい！

泉十郎は横たわった男の激しい出血に、心ノ臓まで達する傷ではないかとみた。

泉十郎は集まっている武士の肩先から覗き込むようにして、倒れている武士の傷口に目をやった。

赭黒くひらいた傷口から、切断された鎖骨が白く覗いていた。深い傷である。やはり、心ノ臓まで達しているようだ。

泉十郎は、倒れている武士を取り囲んでいる五人の武士の顔に目をやってから、人混みの後ろに出た。武士たちの顔を覚えておくためである。

　泉十郎は植女のそばにもどると、

「深い傷だ。刀で斬ったとなると、よほど腕に力のある者だな」

　と小声で言った。

「おれも、そうみた」

　植女がそう言って、人混みから身を引いた。

「殺されている武士は、幕臣ではないようだ」

「滝田藩の者らしい」

　植女が集まっている武士のやり取りから知ったことを言い添えた。

「滝田藩というと、奥州(おうしゅう)の陸奥(むつ)にある大名か」

　泉十郎は、陸奥に滝田藩という七万石の大名家があるのを知っていた。

「そのようだ」

「もうひとり、殺されているようだな」

　泉十郎が、別の人だかりに目をやって言った。すこし離れた場所にも人だかりができていたが、ここより人数はすくなかった。

「行ってみよう」

植女が先にたった。

泉十郎と植女は、まばらに集まっている男たちの間から前に出た。兵助は後ろからついてきた。

殺された武士は、仰向(あおむ)けに倒れていた。顔がどす黒い血に染まり、見開いた両眼が白く浮き上がったように見えた。

武士は、頭頂から額(ひたい)にかけて斬り割られていた。

「真(ま)っ向(こう)に、一太刀か」

泉十郎が言うと、

「いや、ちがう。先に籠手(こて)を斬られたのだ」

植女が倒れている武士の右腕を指差した。

武士の右の前腕に傷があり、血に染まっていた。傍(かたわ)らに、大刀が落ちていた。

「籠手を斬られ、刀を取り落とした後、真っ向に一太刀浴びたのか」

泉十郎が小声で言った。

「この武士を斬った者も、腕がたつな」

「そのようだ」

泉十郎たちは、すぐに人だかりから身を引いた。その場に立って話しているわけにはいかなかった。幕府の御庭番と気付かれる恐れがあったのだ。

泉十郎たち三人が、人だかりから離れて間もなく、

「駕籠ですぜ」

兵助が、神田川沿いの通りの先を指差して言った。

駕籠は二挺だった。担いでいるのは、中間ふうの男である。駕籠の前後に、数人の武士がついていた。

「滝田藩の駕籠ではないか」

植女が言った。

「そのようだ」

泉十郎は、滝田藩士が殺されているふたりを引き取りにきたのではないかと思った。

二挺の駕籠は、ふたりの死体のそばに近付いた。そして、駕籠に同行してきた武士が、集まっている野次馬に声をかけ、その場から離れさせた。

「すこし近付いてみるか」

泉十郎は、声の聞こえるところまで近付いてみようと思った。

植女と兵助は、目立たないように泉十郎からすこし間を置いてついてきた。泉十郎たちは、路傍に立って二挺の駕籠の方に目をやっている野次馬たちのなかに紛れて聞き耳を立

てた。

二挺の駕籠のそばにいる武士たちのやり取りが、泉十郎たちの耳にもとどいた。肩から胸にかけて深く斬られた武士は、矢島という名だった。もうひとりは森田という名で、使番らしかった。

また、駕籠の一隊を連れてきた年配の武士は先手組の物頭で、阿部と呼ばれていた。

それからいっときし、泉十郎は二挺の駕籠が去るのを見送った後、

「植女、帰るか」

と、声をかけた。これ以上ここにいても仕方がない。

「そうだな」

植女が泉十郎とともに歩きだしたとき、

「あっしが、駕籠の跡を尾けてみやす」

と言って、兵助はその場を離れた。駕籠の行き先をつきとめる気らしい。

泉十郎と植女は兵助の後ろ姿を見送った後、来た道を引き返した。

4

泉十郎が駿河台まで出かけた三日後、ふたたび兵助が古着屋に姿を見せた。兵助は古着屋の奥の小座敷で泉十郎と顔を合わせると、

「旦那、土佐守さまがお呼びですぜ」

すぐに、小声で言った。

「お屋敷に、うかがえばいいのか」

泉十郎は用件を訊かなかった。いつもそうだが、相馬土佐守勝利は、兵助に用件を話さず、直接泉十郎に伝えるのだ。

相馬の屋敷は、神田小川町にあった。泉十郎の住む神田小柳町から、そう遠くない。

「へい、四ツ（午後十時）に、いつもの場所で」

いつもの場所とは、相馬の屋敷である。四ツという夜中に呼び出すのも、いつものことだった。相馬は家族や家士たちにも、御庭番との接触が気付かれないように気を使っているのだ。

「植女とおゆらは」

泉十郎が訊いた。

「植女の旦那は、明日です。あっしが、知らせやした。……おゆらさんのことは、まだ分からねえ」

兵助は首をひねった。

兵助がおゆらに連絡をするのは、泉十郎たちの後になることが多かった。相馬は、おゆらより先に、泉十郎たちに話すようだ。それというのも、年配の泉十郎が、三人のまとめ役とみていたからである。

「承知した」

泉十郎が言った。

「あっしは、これで」

兵助は、泉十郎に頭を下げてからその場を離れた。

その日、泉十郎は深夜になってから古着屋を出た。身装を変えていた。闇に溶ける茶の筒袖にたっつけ袴姿で、腰に脇差だけを差していた。忍び装束である。

泉十郎は柳原通りから、昌平橋のたもとを過ぎて一ツ橋通りに入った。相馬の屋敷は一ツ橋通り沿いにあったのだ。

相馬家は八千石の大身だった。屋敷の表門は、豪壮な感じのする門番所付の長屋門である。

泉十郎は表門の前をそのまま通り過ぎ、屋敷の脇の道から裏手にむかった。いつもそうだが、泉十郎たち御庭番は裏門から入ることになっていたのだ。

裏門の脇のくぐりがあいていた。泉十郎のためにあけておいたらしい。泉十郎は夜陰のなかを屋敷の表へまわった。屋敷の周囲は暗かったが、泉十郎は夜目がきくので、迷うようなことはなかった。

表屋敷は夜陰につつまれていたが、かすかに灯の色があった。そこは中庭に面した座敷である。相馬が泉十郎たち御庭番と会うときに使う座敷だった。

泉十郎は中庭に入り、灯の色のある座敷に歩を寄せた。御庭番の習性なのか、泉十郎は足音を消している。

泉十郎は灯の点っている座敷の濡れ縁の前まで行くと、地面に片膝を突き、

「向井泉十郎、まかりこしました」

と、声をかけた。

すぐに返答はなく、立ち上がる気配がした。そして、畳を踏む音につづいて障子があいた。姿を見せたのは相馬である。

相馬は泉十郎を目にすると、縁先近くに立ったまま、

「また、その方たちに頼みがある」

と、小声で言った。

相馬は五十がらみだった。武芸などには縁のなさそうな華奢な体をしていたが、泉十郎にむけられた双眸は鋭く、能吏らしい顔をしていた。

「何なりと、仰せを」

そう言って、泉十郎はちいさく頭を下げた。

「神田川沿いの通りで、陸奥の滝田藩の者がふたり斬られたのだが、知っているか」

相馬が訊いた。

「はい」

泉十郎は、ふたりの斬られた現場に行ったことは口にしなかった。兵助から、相馬の耳に入っているとみたからである。

「滝田藩の上屋敷は、小川町にある。……実はな、斬られたひとりは、滝田藩の江戸家老の嫡男で、矢島俊之助という男なのだ」

相馬によると、江戸家老の名は矢島太左衛門で、相馬の知り合いだという。

矢島はここ数年江戸家老を務めていた。相馬の姪が江戸詰だった矢島の甥に嫁いだことから、相馬は矢島とも行き来するようになったという。行き来するといっても、陸奥にある大名家について何かあると、相馬が矢島に様子を訊くことがある程度らしい。

「倅(せがれ)の俊之助は、剣の修行のために江戸に来ていたようだ」

相馬によると、俊之助は中西派一刀流の道場での稽古の帰りに神田川沿いの道を通り、何者かに襲われたという。

「もうひとりも、滝田藩士でございますか」

泉十郎は、滝田藩の使番と耳にしていたが、念のために訊いたのである。

「そうだ。使番の者でな。森田勝兵衛という男だった。森田も俊之助といっしょに中西道場に通っていたようだ」

相馬によると、滝田藩の上屋敷から中西道場が近いこともあって、ふたりは門弟として通うようになったという。

「矢島どのの話では、俊之助と森田を襲ったのは、滝田藩士らしいとのことだ」

相馬が言った。

「同じ藩士ならば、俊之助どのたちを襲った者たちの目星がついているのではありませんか」

「それが、矢島どのの話では、何者か分からないというのだ」

相馬が、滝田藩の内部に対立があり、このままにしておくと大きな騒動に発展する恐れがあると口にした。

　泉十郎は無言のまま相馬の次の言葉を待った。

「それで、矢島どのに、手を貸してもらえないかとひそかに頼まれたのだ。……矢島どのにすれば、藩を二分するような騒動に発展し、それが幕府に知れて藩の存続があやうくなるような事態になる前に、手を打っておきたいのだろう。それで、わしに話をしたらしい」

　そう言った後、相馬はいっとき口を閉じていたが、

「いずれにしろ、このままにしておくことはできん。そうかといって、幕府側から公に滝田藩の内政にとやかく言うことはできない。……それで、矢島どのには、ちかいうちにわしの手の者を藩邸にやるので、ことの始末にあたらせてくれ、と話したのだ」

　相馬の声は静かだったが、幕府の重鎮らしい強いひびきがあった。

「植女どのも、いっしょですか」

　泉十郎が訊いた。

「此度は、植女とおゆらにも働いてもらう」

　相馬が、ふたりにもわしから話す、と言い添えた。

　泉十郎は無言でうなずいた。

「どうなるか分からんが、騒動によっては、陸奥まで行くことになるかもしれん。そのときは、いつものように兵助に話してくれ」

相馬が声をあらためて言った。

これまで、相馬は泉十郎たちが御庭番として遠国へむかうおり、兵助をとおして相応の金子を渡していたのだ。

「心得ました」

泉十郎は相馬に頭を下げると、すばやく後ずさりし、障子から差す明かりの外の夜陰のなかに姿を消した。

5

……だれか、来る！

泉十郎は、鶴沢屋の店先に近付いてくる足音を耳にした。

平吉ではないようだ。平吉は、鶴沢屋の奉公人だった。滅多に客はこないので、下男といった方がいいかも知れない。

六ツ半（午後七時）ごろであろうか。鶴沢屋の表戸は、しめてあった。泉十郎は店の奥がっている。


の小座敷にいた。店のなかは薄暗く、座敷の隅の行灯(あんどん)に、泉十郎の姿がぼんやり浮かび上
足音は店の前でとまった。

すぐに、トントンと板戸をたたく音がし、「おれだ、植女だ」という声がした。泉十郎
は立ち上がり、土間に下りて板戸をあげた。

植女は忍び装束ではなかったが、闇に紛れる茶の小袖とたっつけ袴姿だった。

「どうした、その格好は」

泉十郎が訊いた。

「今夜、滝田藩の上屋敷に行くつもりだ。おぬしと、いっしょにな」

「相馬さまから、話があったのか」

「昨夜、相馬さまから、おぬしとともに滝田藩の上屋敷に出向き、家老の矢島さまから話
を聞くようにとのお指図があった。……矢島さまから相馬さまに、話があったようだ」

「おゆらは」

「おゆらにも、相馬さまから話があったらしいが、滝田藩の屋敷にはおれとおぬしのふた
りで行くようにとのことだ」

「すぐ、支度(したく)しよう」

泉十郎は小座敷から奥の居間に入り、忍び装束に着替えた。植女と同様、闇に紛れる装束で藩邸に入るのだ。

泉十郎と植女は古着屋から出ると、柳原通りを昌平橋の方へむかった。そして、昌平橋のたもとを過ぎて、神田川沿いの通りへ出たとき、泉十郎は岸際に植えられた桜の樹陰に、ひとのいる気配を感じた。

その桜の樹陰から、

「待ってましたよ」

と女の声がし、人影があらわれた。

おゆらである。おゆらも、闇に溶ける忍び装束に身をかためていた。

「おゆらも、滝田藩の屋敷へ行くのか」

泉十郎が訊いた。

「そのつもりで、待ってたんですよ。でも、あたしは、ご家老さまとはお会いしません。屋敷のなかの様子を探ってみるだけ」

おゆらはそう言うと、植女に身を寄せ、

「植女の旦那、よろしくね」

と、笑みを浮かべた。

「うむ……」

植女は、顔をしかめただけだった。

「そんなに、つれない顔をしないでよ」

おゆらは、指先で植女の胸のあたりをつついた。おゆらは、植女にちょっかいを出すことが多かった。端整な顔だちの植女を好いているのか、からかっているのかよく分からない。

おゆらは三十代半ばらしいが、年齢ははっきりしなかった。ただ、亭主や子供はいないようだ。どこに、だれと住んでいるのかも分からない。おゆらは変装が巧みで、仲間内で変化のおゆらと呼ばれている。

「行くぞ」

泉十郎が、ふたりに声をかけた。

三人は神田川沿いの道をしばらく西にむかった後、左手の通りに入った。道沿いに、大身の旗本屋敷がつづいていた。通りに人影はなく、ひっそりと夜の帳につつまれている。

旗本屋敷のつづく通りを過ぎると、夜陰のなかに大名屋敷が見えた。壮麗な表門と藩士たちの住む長屋がつづいていた。滝田藩の上屋敷である。

「裏門から入れるかもしれません」

おゆらが先に立った。

泉十郎たち三人は長くつづく長屋に沿って歩き、屋敷の裏手にまわった。

裏門も門扉（もんぴ）がとじてあった。門のまわりは、低い築地塀（ついじべい）になっている。

「あたしがこの塀を越えて、なかに入りますよ」

そう言って、おゆらは腰に帯びていた刀を築地塀に掛けようとした。刀の鍔（つば）に爪先（つまさき）を掛けて飛び上がり、塀を越えるのである。

「待て、おゆら、この戸があきそうだ」

泉十郎が声をかけた。

裏門の脇にある切り戸が、すこしだけあいていた。家老の矢島が配下の者に命じ、泉十郎たちのためにあくようにしておいたのだろう。

泉十郎たちは、切り戸からなかに入った。そこは、御殿の裏手だった。

「矢島さまの住む小屋は、表門の右手にあるらしい」

植女が言った。相馬から聞いていたようだ。小屋といっても、重臣のための独立した屋敷である。

泉十郎たちは、御殿の脇を通って表門にむかった。途中、松、紅葉（もみじ）、欅（けやき）などが植えてあった。枝葉が月光を遮（さえぎ）り、漆黒（しっこく）の闇につつまれている。それでも、夜目のきく泉十郎たちは迷うことなく御殿の脇を通り、表門の近くまで来た。

「あの小屋ではないか」

植女が指差した。

表門の右手に小屋が三棟並んでいた。小屋のなかの一棟だけは、武家屋敷を思わせる造りになっていた。部屋もいくつかありそうだ。

泉十郎たち三人は、足音を忍ばせて戸口に近付いた。板戸に身を寄せて聞き耳をたてると、かすかに足音や話し声が聞こえた。

泉十郎は板戸に手をかけて、そっと引いてみた。戸締まりはしておらず、戸は簡単にあいた。

「あたしは、ここまでにするよ」

おゆらが、小声で言った。

「どうするのだ」

泉十郎が訊いた。

「屋敷内を探ってみる」

おゆらは、すぐに踵(きびす)を返してその場を離れた。

泉十郎と植女がなかに入ろうとしたとき、小屋のなかで女の声がした。

「まずいな。女たちがこの格好を見たら、悲鳴を上げるぞ」

泉十郎はすぐに板戸をしめた。

泉十郎と植女は、忍びの装束で来ていた。女たちは、泉十郎たちを見て盗賊か他藩の間者と勘違いするかもしれない。

6

泉十郎と植女は戸口から入るのを諦め、矢島のいる座敷をつきとめて直接声をかけることにした。

ふたりは足音を忍ばせて、小屋沿いをまわった。戸口の反対側が、庭に面していた。濡れ縁があり、座敷の障子が明らんでいる。その座敷から、かすかに人の声が聞こえた。武士が話しているようだ。

泉十郎と植女は忍び足で、濡れ縁に近付いた。話し声は、しだいにはっきりと聞こえるようになった。「ご家老」、「阿部」とふたりの呼び合う声が聞こえた。どうやら、座敷で話しているのは、江戸家老の矢島と殺された矢島たちを引き取りにきた先手組物頭の阿部らしい。

泉十郎と植女は縁先まで来ると、地面に片膝をつけて屈んだ。

「相馬さま、土佐守さまに仰せつかって参上いたしました」

と、泉十郎が声をかけた。

障子の向こうで聞こえていた話し声がやみ、いっとき辺りは静寂につつまれた。だが、すぐに座敷で立ち上がる気配がし、濡れ縁に面した障子があいた。顔を出したのは、阿部である。

「それがし、向井泉十郎にございます」

泉十郎は、身分を名乗らなかった。忍び装束を目にすれば、その筋の者だと察知するはずである。

「それがし、植女京之助でございます」

植女も名だけ口にした。

「先手組物頭の阿部孫左衛門にござる」

阿部が名乗った。

すると、座敷にいた矢島が、「阿部、ふたりに上がってもらえ」と声をかけた。

泉十郎はその場から動かず、

「いえ、われらはここでお話をうかがいます」

と、座敷に声をかけた。

「そうか」

矢島が立ち上がり、縁先近くに腰を下ろした。

阿部はうなずいただけで何も言わず、矢島の脇に控えた。

「われらは土佐守さまより、ご家老から事情をお聞きするよう仰せつかってまいりました。われらは、貴藩のために尽力（じんりょく）するつもりでおります」

泉十郎が言った。

植女は黙したまま、阿部に目をむけている。

「かたじけない。藩内の騒動ゆえ、われらの手で始末をつけたいのだが、それも難しくなってきてな。土佐守さまに、お話しした次第なのだ」

そう言って、矢島は眉を寄せた。その顔には、悲痛の色があった。嫡男の俊之助を殺された無念が、顔に滲（にじ）み出ている。

「まず、阿部から話してくれ」

矢島は、脇に座している阿部に目をやった。

「実は、六日前、ご家老の嫡男の俊之助さまと使番の者が、何者かに斬り殺されたのだ」

阿部が声を潜めて言った。

「存じております」

泉十郎が言った。

阿部は驚いたような顔をして泉十郎を見たが、そのことには触れず、

「襲ったのは、わが藩の者たちとみている」

そう言って、顔をしかめた。

「何者か、分かっているのですか」

泉十郎が身を乗り出すようにして訊いた。

「何者かは分からぬが、堂源流一門の者たちとみている」

「堂源流とは、剣術の流派でございますか」

全国各地を御用で訪ねる泉十郎でさえ、初めて耳にする流派だった。

「いかにも。……実は、わが領内だけにひろまっている流派で、堂源なる者がひらいたのだ」

阿部が堂源流について話し始めた。

数十年前、堂源なる修験者が領内の山間の地に郷士や猟師の子弟のために剣術道場をひらいたという。

堂源は諸国を旅しながら金剛杖を遣った棒術を身につけたが、旅の途中、剣の達人と

知り合い、剣術の修行を積んだ。そして、棒と剣の技の双方を取り入れた刀法を身につけ、堂源流との流名をつけて指南するようになったそうだ。

「棒と剣の術でござるか」

泉十郎は、心形刀流（しんぎょうとうりゅう）の遣い手だった。江戸には心形刀流をはじめ、さまざまな剣の流派があったが、棒と剣の双方を取り入れた剣術など聞いたことがなかった。

植女も初めて耳にしたらしく、身を乗り出すようにして阿部の話を聞いている。

「さよう。俊之助さまの肩に残された刀傷から、堂源流一門の手にかかったことが知れたのだ」

阿部によると、堂源流は棒を大きくふるうように長刀で真っ向や袈裟に斬りつけるので、深い傷を生ずるという。

……あの傷だ！

と、泉十郎は胸の内で声を上げた。

泉十郎は、神田川沿いの道で目にした矢島俊之助の肩口に残されていた深い傷を思い出した。植女も分かったらしく、うなずいている。

「俊之助どのを斬った藩士は、分かっているのですか」

泉十郎が身を乗り出すようにして訊いた。

「それが、分からないのだ」

阿部が、江戸勤番の藩士のなかにも堂源流を身につけた者は多数いるので、特定できないと話した。

そのとき、阿部と泉十郎のやり取りを聞いていた矢島が口を挟んだ。

「わが藩には、倅や使番の森田のように一刀流を身につけた者がおり、堂源流の者と何かと対立することが多いのだ」

「領内にも、一刀流の道場があるのですか」

泉十郎が訊いた。

「ある、城下にな」

矢島によると、国元の城下に一刀流の道場があり、多くの藩士が通っているそうだ。殺された俊之助と森田も国元にいるとき一刀流を身につけたこともあって、江戸でも中西道場に通っていたのだ。

矢島の話が終わったとき、それまで黙って話を聞いていた植女が、

「われらは、何をすればよろしいのですか」

と、抑揚（よくよう）のない声で訊いた。

「まず、倅と森田を斬った者をつきとめてもらいたいが」

矢島はそう言った後、

「藩士たちのことを知っている江戸詰の者なら、倅や森田の敵をつきとめやすいだろう。ただ、倅たちを殺した者たちに知られ、返り討ちに遭う恐れがある。そこで、藩士のなかから町宿に住み、腕のたつ者をふたり選んだ。そこもとたちといっしょに、倅たちの敵を討ってもらうためにな」

と、訴えるような目をして言い添えた。

町宿とは、藩邸内に住むことのできない藩士が暮らす、市井の借家のことである。

「承知しました」

泉十郎が言い、植女とともに頭を下げた。

7

泉十郎と植女は、矢島と阿部の話が終わった後、ふたりの藩士と顔を合わせた。藩邸内に呼んであったらしい。

名は千野藤十郎と大草弥之助で、ふたりとも先手組で阿部の配下だった。千野は三十がらみであろうか。大柄で、どっしりと腰が据わっていた。先手組の小頭だった。大草は二十代半ば、中背で浅黒い顔をしていた。こちらは先手組の組子である。

泉十郎たち四人は、阿部の配下の原島恭助の住む長屋で話すことになった。長屋といっても、敷地内に建てられた別棟だった。千野と同じ先手組小頭である原島の住居は二部屋あり、台所もついていた。

泉十郎たちは、戸口近くの座敷に腰を下ろした。

「千野どのと大草どのは、何流を遣われる」

泉十郎はふたりの挙措に隙がなく、腰が据わっていることから、剣の修行を積んでいるとみたのである。

「一刀流でござる」

千野が言うと、大草が、

「それがしも、国元で一刀流を修行しました」

と、言い添えた。

原島は無言のまま、ちいさくうなずいた。原島も、一刀流を遣うらしい。

「堂源流のことをくわしく知りたいのだが、どのような剣なのだ」

泉十郎は、いずれ堂源流の者と立ち合うことになるとみていたのだ。

「まず、刀だが、三尺ほどの長い物を遣う」

千野が言った。

大草と原島は、黙って聞いている。

「長刀だな」

「棒術を取り入れたこともあり、遠間からの突きや真っ向、袈裟への強い斬撃が多いようだ」

「矢島俊之助どのは、その袈裟への太刀で斬られたのだな」

「われらは、そうみている」

千野が言うと、大草と原島がうなずいた。

「俊之助どののたちを襲ったのは、江戸詰の藩士とみているのか」

泉十郎が声をあらためて訊いた。

「堂源流の者がいたことから、わが藩の者とみていいようだ。ちかごろ、腕のたつ堂源流の者が出府した様子はないので、俊之助どのを襲ったのは江戸詰の者だろう」

「それで、目星は」

「まだ、目星はついていない。江戸勤番の者のなかにも、堂源流を身に付けた者は何人もいるのだ」

「そうか」

泉十郎が口をつぐむと、黙って聞いていた植女が、

「堂源流の者たちは、なにゆえ、俊之助どのを襲ったのです。流派間の対立だけとは思えぬが」

と、抑揚のない声で訊いた。

「そ、それは……」

千野は言い淀んだが、

「藩の重臣の間に、確執があるのかもしれぬ」

と、声を潜めて言った。

「重臣の確執とは」

さらに、泉十郎が訊いた。

千野は困惑したような顔をして、傍らにいる大草と原島に目をやった。ふたりも、戸惑うような顔をして口をつぐんでいる。

「われらは幕臣だが、いまは矢島どのの配下と思ってもらいたい。それに、われらの使命は、滝田藩の騒動を内々で収めることにある」

泉十郎は語気を強くして言った。

「それなら、お話ししよう。……あまり表には出ないが、江戸におられる年寄の西川政

右衛門さまは、江戸家老の矢島さまのことをよく思ってないようだ」

滝田藩の年寄は内政を総括し、次席家老のような役柄だという。国元にふたり、江戸にひとりいるそうだ。

「どういうことだ」

「西川さまは、若いころ堂源流を修行され、いまでも江戸にいる一門の者たちの中心的な存在なのだ」

「江戸家老の矢島さまは一刀流、年寄の西川どのは堂源流というわけか」

泉十郎が言った。

「そうだが、おふたりとも若いころ修行されただけなので、剣術のことはあまり表には出さぬ」

「うむ……」

どうやら、江戸家老の矢島と年寄の西川の間には、剣の流派の対立とは別の軋轢があるようだ、と泉十郎は思った。

泉十郎が口をつぐむと、

「矢島さまのお子は、俊之助どのだけか」

植女が訊いた。

「いや、国元に次男と三男がおられる」

千野が言った。強張っていた表情が、すこし和らいでいる。矢島家の跡取りのことを思ったのかもしれない。

次に口をひらく者がなく、座敷は沈黙につつまれていたが、

「まず、おれたちがやることは、俊之助どのと森田どのを襲った者たちを捜し出して討つことだな」

泉十郎が念を押すように言った。

「われらは、堂源流の者にあたってみる」

千野が、その場にいた大草と原島に目をやった。

「ところで、殺された俊之助どのの腕のほどは」

泉十郎が訊いた。

「まだ、お若いが、藩内では一刀流の遣い手として知られていた」

「ならば、俊之助どのを斬った者は、堂源流の遣い手ということになるな」

「われらも、そうみている」

「江戸詰の藩士のなかで、とくに堂源流の遣い手と目されている者たちを教えてくれんか」

泉十郎は、千野たちだけに任せないで、自分たちの手で俊之助たちを殺した者をつきとめようと思った。

「承知した」

千野が言った。

8

「まず、戸坂源八郎だ」

千野が言った。

泉十郎と植女は、神田佐久間町の借家にいた。千野の住む町宿である。座敷には、大草の姿もあった。

「戸坂という男は、堂源流の遣い手なのか」

泉十郎が訊いた。

「遣い手だ。それに、おれと同じように藩邸ではなく市井の借家に住んでいる」

「戸坂が俊之助どのを斬ったかどうかは、分かっていないのだな」

「分かってない」

「さて、どうするか」

泉十郎は、下手に仕掛けられないと思った。戸坂が俊之助たちの襲撃にかかわりがあったとして、戸坂を捕らえて問いただしても、俊之助たちを斬殺した者は戸坂から洩れることを恐れて姿を消すかもしれない。

「しばらく、戸坂の跡を尾けてみますか」

大草が言った。

「尾行なら、おれたちがやろう」

と、泉十郎が申し出た。

滝田藩士の千野や大草が尾行を始めれば、すぐに堂源流一門の知るところとなり、俊之助を斬殺した者の耳にも入るだろう、と泉十郎はみたのだ。

「では、戸坂の尾行は向井どのにお任せしよう」

千野が応じた。

「それで、戸坂の住む借家を知っているか」

「知っている。湯島だ。これから、案内してもいい」

「頼む」

神田佐久間町から、湯島は近かった。これから行っても、陽が沈む前に着くはずだ。

泉十郎たちは借家を後にし、神田川沿いの道に出た。そして、神田川沿いの道を西にむかった。

昌平橋のたもとに出て中山道をたどり、湯島の聖堂の裏手を経て湯島五丁目まで来たとき、

「そこの笠屋の脇を入ったところだ」

千野が、街道沿いの笠屋を指差した。

店先に、菅笠、網代笠、八折り笠などが吊してある。「合羽処」と記した張り紙もあった。どうやら、旅人相手に笠と合羽を売っているらしい。その笠屋の脇に、細い路地があった。

千野の先導で、泉十郎たちは路地に入った。ぽつぽつと人影があった。路地沿いに、八百屋や下駄屋などの小体な店や仕舞屋などがつづいている。

千野は路地に入って一町ほど歩くと、路傍に足をとめ、

「その家だ」

と言って、借家ふうの家屋を指差した。

小体な家で、脇が空き地になっていた。雑草が生い茂っている。

「おれと植女で、近付いてみる。千野どのたちは、ここにいてくれ」

泉十郎は、戸坂に顔を知られていない者の方がいいと思ったのだ。

泉十郎と植女は通行人を装って、借家にむかった。家の前まで行くと、戸口に身を寄せて聞き耳をたてたが、物音も人声も聞こえなかった。ひっそりとして、人のいる気配はなかった。

泉十郎は家の前を通り過ぎたところで足をとめ、植女が近付くのを待って、

「留守のようだな」

と、小声で言った。

「留守だ」

植女は、無表情だった。まだ、陽は西の空にあったので、戸坂は藩邸から帰っていないとみていたのだろう。

「千野どのたちと相談するか」

泉十郎と植女は、千野と大草のいる場にもどった。

「留守のようだ」

泉十郎が千野たちに伝えた。

「ところで、戸坂の役目は」

泉十郎は、まだ戸坂の名しか聞いていなかった。

「徒士組の小頭だ」

「戸坂は、まだ藩邸からもどってないのだな」

千野が言うと、

「いずれにしろ、暗くなる前に帰るはずです」

脇から、大草が言い添えた。

「戸坂の住処が知れたのだ。今日のところは、これで帰るか」

泉十郎が、その場に立っている三人に目をやって言った。泉十郎たちの目的は戸坂を尾行して、俊之助を襲った者たちをつきとめることにある。

「せっかく来たのだ。戸坂が家に帰るのを確かめよう」

千野が言った。

「そうだな」

泉十郎も、戸坂の顔を見ておきたいと思った。それに、戸坂が出かければ、尾行することもできる。

泉十郎たち四人は、路傍の樹陰に身を隠した。そこで、戸坂が帰るのを待つのである。

戸坂はなかなか姿を見せなかった。陽は家並の向こうに沈み、泉十郎たちのいる樹陰にいつの間にか淡い夕闇が忍び寄っている。

　さらに時が過ぎ、路地が夕闇に染まってきた。通行人の姿も途絶え、路地沿いにあった店は商いを終えて、表戸をしめ始めた。

「姿を見せないなァ……」

　泉十郎が生欠伸を噛み殺して言った。

　そのときだった。路地の先に目をやっていた植女が、

「おい、武士が来るぞ」

　と、声を殺して言った。

　見ると、羽織袴姿の武士がこちらに歩いてくる。供はなく、ひとりだった。

「戸坂だ！」

　千野が、昂った声で言った。

　戸坂は路地を足早に歩いてくる。三十がらみであろうか。痩身で、面長だった。

……それほどの遣い手ではない。

　と、泉十郎はみた。戸坂の腰が据わっていなかったし、歩く姿にも隙があったのだ。

　戸坂は、泉十郎たちの目の前を通り、借家の戸口まで来ると、引き戸をあけてなかに入った。

「あやつが、戸坂だな」

泉十郎が念を押すように訊いた。

「そうだ」

「待った甲斐があったな」

戸坂の住家だけでなく、顔を覚えることができたのだ。

「今日は、これまでだ」

泉十郎が言った。明朝出直して、戸坂の跡を尾けるのである。

泉十郎たちは樹陰から出ると、来た道を引き返した。路地は深い夕闇につつまれ、頭上には星の瞬きが見られた。

第二章　逃走

1

泉十郎と植女は、湯島に来ていた。戸坂の住む借家が見える路地沿いの樹陰で、見張っていたのである。

まだ、明け六ツ（午前六時）を過ぎたばかりだった。東の空に陽の色があったが、路地には陽が射していなかった。路地沿いの家の軒下や樹陰には、まだ淡い夜陰が残っている。植女は牢人体だが、泉十郎は町人風だった。ふだん古着屋にいる身装である。ただ、念のため仕込み杖を持っていた。

それから半刻（一時間）ほど経ったが、戸坂は姿を見せなかった。泉十郎は大草から、戸坂は明け六ツ過ぎに借家を出ることが多いようだと聞いていた。

「そろそろ、出てきてもいいころだがな」

泉十郎が、そう言ったときだった。

「おい、武士が来るぞ」

植女が路地の先を指差して言った。

見ると、羽織袴姿で二刀を帯びた武士が、こちらに歩いてくる。供はいなかった。ひとりである。

　武士は泉十郎たちの目の前を通り過ぎ、戸坂の住む借家の方にむかった。武士は、借家の前に足をとめると、路地の左右に目をやってから戸口に近付いた。そして、何やら声をかけて板戸をあけた。

「戸坂を訪ねてきたようだ」

　泉十郎が言った。

「滝田藩の者ではないか」

「戸坂の仲間かもしれん」

　泉十郎と植女は、そんなやり取りをしながら戸坂たちが家から出てくるのを待った。

　ふたりの武士は、なかなか姿を見せなかった。陽が家並の上に顔を出し、路地にも陽が射して辺りを蜜柑色に染めていた。

「出てこないぞ」

　泉十郎が言った。声に苛立ったひびきがある。

「様子を見てくるか」

　植女がそう言って樹陰から出ようとしたとき、借家の板戸があいた。姿を見せたのは、ふたりの武士である。訪ねてきた武士と戸坂だった。

ふたりの武士は何やら話しながら、泉十郎たちが身を潜めている方へ歩いてくる。泉十郎たちには、気付いていないようだ。

泉十郎と植女は、ふたりの武士をやり過ごしてから路地に出た。ふたりの武士を尾(つ)けるのである。

泉十郎が前を歩き、植女は後ろからついてきた。武士と町人が話しながら歩くと人目を引くからだ。

「ふたりは、藩邸へ行くのかな」

植女がつぶやくような声で言った。

「ちがうな。藩邸に行くなら、わざわざ訪ねてきたりしないはずだ。それに、いまからでは遅過ぎる」

泉十郎が言った。

ふたりの武士は、路地から中山道に出た。そして、昌平橋の方へ足をむけた。陽が高くなり、中山道は人通りが多かった。土地の住人もいるようだが、旅人、駕籠(かご)、荷駄(にだ)を引く馬子(まご)などが目についた。

ふたりの武士は昌平橋を渡ると、右手に足をむけず、そのまま中山道を日本橋の方へむかった。

……やはり藩邸ではない！

滝田藩の上屋敷へ行くなら、橋のたもとを右手に折れ、神田川沿いの通りに入るはずである。

「どこへ行くつもりだ」

植女が、泉十郎に身を寄せて言った。

中山道は人通りが多いので、ふたりで並んで歩いても人目を引くようなことはなかった。

「分からん」

「おい、足をとめたぞ」

植女が歩きながら言った。

前を行くふたりの武士は、街道沿いにあった二階建ての店の前で足をとめた。そば屋か料理屋といった感じの店である。

その辺りは神田須田町（すだちょう）で、行き交う（いかう）旅人の姿が多かった。

ふたりの武士は、店先の暖簾（のれん）を分けてなかに入った。

「まさか、いまから一杯やる気ではあるまいな」

泉十郎が言った。まだ、四ツ（午前十時）ごろである。一杯やるには、早過ぎる。

泉十郎と植女は、店に近付いた。入口の掛け行灯（あんどん）に「そば切　笹乃屋（ささのや）」と書いてあった。そば屋である。

「どうする」

植女が訊いた。

「ふたりで、ここに、そばを食いにきたとは思えん。しばらく様子を見よう」

泉十郎と植女は笹乃屋の斜向（はすむ）かいにあった薬種屋（やくしゅや）の脇に身をひそめて、笹乃屋に目をやった。

ふたりがその場に立って間もなく、ふたりの武士が笹乃屋の暖簾をくぐった。ふたりとも羽織袴姿で二刀を帯びていた。供は連れていない。

「あのふたり、戸坂の仲間かな」

植女が言った。

「どうかな。……いずれにしろ、店から出てくれば、分かるだろう」

仲間ならいっしょに店を出ると、泉十郎はみたのである。

それから、半刻（一時間）ほどしたが、先に入った戸坂たちも後から入ったふたりの武士も姿を見せなかった。

「長丁場になるな」

「ああ」

　ふたりは、こうしたことには慣れていた。御庭番としての任務を果たすために、屋敷の天井裏に身を隠して一昼夜過ごすこともあるし、何日もの間、跡を尾けまわすこともすくなくなかった。

　何刻ごろであろうか。陽が頭上にまわったころ、笹乃屋の暖簾を分けて何人かの武士が通りに出てきた。

「戸坂たちだ！」

　泉十郎が声を殺して言った。

「五人だぞ」

　植女が店先を指差した。

　戸坂といっしょに入った武士、後からはいったふたり、その四人に大柄な武士がひとりくわわっていた。大柄な武士は、戸坂たちより先に店に入っていたのだろう。

　五人の武士は、笹乃屋の店先で二手に分かれた。昌平橋の方へふたり、日本橋の方へ三人。昌平橋の方へむかったふたりは、戸坂といっしょにきた武士である。日本橋の方へむかったのは、三人だった。そのなかに、大柄な武士もいた。

2

「おれは、日本橋の方へむかった三人を尾ける」

泉十郎が言った。

「おれは、昌平橋の方のふたりだな」

植女は、すぐに薬種屋の脇から中山道に出た。

泉十郎もつづいて中山道に出ると、三人の武士の跡を尾け始めた。泉十郎は前を行く三人との間をつめた。こうした賑(にぎ)やかな通りでは、顔を知られていない相手なら、間をとらずに尾けてもまず気付かれる恐れはない。

……三人とも、遣い手のようだ。

と、泉十郎は思った。

近くで見て、武芸の修行で鍛(きた)えた体とわかったのである。それに、三人とも身辺に隙(すき)がなかった。

三人は三町ほど歩くと、二手に分かれた。大柄な武士ともうひとりが左手の路地に入り、中背(ちゅうぜい)の武士がそのまま中山道を日本橋の方へむかった。

泉十郎はどちらを尾けるか迷ったが、ひとりになった中背の武士を尾けることにした。ふたりの武士の行き先は、滝田藩の上屋敷ではないかとみたのだ。ふたりが入った通りを西に向かえば、滝田藩の上屋敷近くに出られそうだった。

中背の武士はひとりになると、すこし足を速めた。行き交うひとのなかを足早に歩いていく。

中背の武士は、神田鍛冶町まで来ると、左手の道に入った。そこも、人通りが多かった。中背の武士はなおも足早に歩き、瀬戸物屋の脇の路地に入った。

泉十郎は、武士の姿が見えなくなったので足を速めた。路地に入ると、武士の姿が間近にあった。

泉十郎は、すぐに路地沿いにあった八百屋の脇に身を隠した。

武士は板塀をめぐらせた仕舞屋の前に立っていた。そして、路地の左右に目をやってから引き戸をあけて、家に入った。

……ここが、やつの住処らしい。

泉十郎は、通行人を装って仕舞屋に近寄った。古い借家ふうの家屋である。

戸口近くまで来ると、泉十郎は歩調を緩めて聞き耳をたてた。物音が聞こえた。足音と障子をあけしめするような音である。

他の物音は、聞こえなかった。いま入った武士の他に、ひとのいるような気配はなかった。

泉十郎は仕舞屋の前を通り過ぎ、路地の先に目をやった。仕舞屋の住人のことを訊いてみようと思ったのだが、話の聞けそうな店はなかった。

泉十郎は来た道を引き返し、路地に入ってすぐのところにあった八百屋の親爺に訊くことにした。この場に来る前に店の脇に身を隠したとき、店先にいた親爺を目にしたのだ。親爺は店先で長屋の女房らしい年増と何やら話していた。年増は、青菜を手にしていた。菜にする野菜を買いにきて、噂話でも始めたのだろう。

泉十郎は年増が話をやめるのを待って、店先に近付いた。

「ちと、訊きたいことがある」

泉十郎が親爺に声をかけた。

「な、なんです」

親爺が声をつまらせた。顔に警戒と戸惑いの色がある。突然、声をかけられたからだろう。

「この先に、武士の住む家があるな」

泉十郎が路地の先を指差した。

「ありやすが」

「家に入るところを見掛けたのだが、おれの知り合いに似ていたのだ。……武士の名を知っているか」

泉十郎は、まず武士の名から訊いた。

「飯塚(いいづか)さまと聞きやしたが……」

親爺は語尾を濁(にご)した。はっきりとは知らないらしい。

「独り暮らしか」

「お独りのようですが、下働きの年寄りが出入りしてやす」

「出かけることが、多いのではないか」

滝田藩士なら、出仕するはずである。

「へい、毎朝、出かけやす」

「そうか。手間をとらせたな」

泉十郎は、八百屋の店先から離れた。これ以上、訊くことはなかったのである。それに、飯塚の名を出せば、千野たちには何者か分かるはずである。

泉十郎は帰る途中、大柄な武士が入った神田鍋町(なべちょう)の路地をたどってみたが、小体な店がつづいており、武士の住んでいそうな家は見つからなかった。今日のところはこれまでにし、泉十郎は塒(ねぐら)の鶴沢屋に帰ることにした。

泉十郎が、鶴沢屋で着替え終えたところに、植女が姿を見せた。おゆらもいっしょである。

「そこで、おゆらと会ってな」

植女が表情のない顔で言った。

「植女の旦那と、ばったり出会ってね。……神様の引き合わせかもしれないよ」

おゆらはそう言って、植女に身を寄せた。

「つまらんことを言うな」

植女が苦い顔をした。

「ともかく、入れ。ふたりとも、話があって来たのだろう」

泉十郎は、ふたりを売り場の小座敷に上げ、「店をしめてくる」と言って、店の表戸をしめた。これから、探ってきたことを話すのだ。

泉十郎は三人の武士の跡を尾け、ひとりが神田鍛冶町の借家に入ったことと、その武士の名が飯塚であることを話した後、

「植女も、何か知れたか」

と、植女に目をやって訊いた。

「おれも、跡を尾けたのはひとりだ」

植女によると、跡を尾けたふたりは、昌平橋のたもとで分かれたという。戸坂がひとり橋を渡り、もうひとりは橋のたもとで右手に折れ、柳原通りへむかったそうだ。

「おれは、柳原通りへ入った背の高い武士の跡を尾けたのだ」

植女が言った。

「それで、行き先は分かったか」

「豊島町（としまちょう）の借家に住んでいた。名は、増林桑三郎（ますばやしそうざぶろう）。滝田藩士だ」

植女が、近所で聞き込んで分かった、と言い添えた。

「増林桑三郎か。千野どのたちに名を言えば、何者か分かるだろう。……これで、増林と飯塚の居所をつかんだな」

泉十郎が、植女とおゆらに目をやって言った。

「旦那たちは、矢島俊之助どのと森田勝兵衛どのを襲った者たちを追ってるんだね」

おゆらが、口をはさんだ。

「まァ、そうだ。ところで、おゆらは」

泉十郎が訊いた。おゆらは滝田藩の藩邸内に忍び込んで、年寄の西川の身辺を探っていたはずである。

「西川だけど、やっぱり怪しいよ。……西川の住む小屋に堂源流一門の藩士たちが出入りしているのを、何度も見かけたからね」

「何か話を耳にしたか」

おゆらなら、小屋に身を寄せたり、縁の下にもぐり込んだりして話を聞いたはずである。

「先手組の千野どのや大草どのの名を、耳にしましたよ」

「どんな話をしてた」

泉十郎が身を乗り出して訊いた。

「千野どのたちが、堂源流の者たちを探っているようなので、何か手を打たないといけないと話してました」

そのとき、泉十郎とおゆらのやり取りを聞いていた植女が、

「戸坂たちが、笹乃屋で会っていたのは、千野どのたちを襲う相談ではないか」

と、口を挟んだ。

「そうみていいいな」

泉十郎は、早く手を打たないと千野たちが斬殺される、と思った。

3

泉十郎と植女は翌朝、まだ暗いうちに神田佐久間町にむかった。千野の住む借家を訪ね、戸坂たちのことを知らせるためである。早朝にしたのは、千野が出仕する前に会うためだった。

千野は借家にいた。藩邸に出かけるため、着替えをしているところだった。

「千野どのの耳に入れておくことがある」

泉十郎は千野と顔を合わせると、すぐに言った。

「茶も出せないが、上がるか」

千野が訊いた。

「いや、ここでいい」

泉十郎と植女は、上がり框に腰を下ろした。

「昨日、おれと植女とで、戸坂たちの跡を尾けたのだ」

泉十郎が、そば屋に集まった五人のことを話した。

「五人もいたのか」

千野は驚いたような顔をした。

「おれと植女で、跡を尾けてな。ふたりの名と、居所をつかんだ」

「ふたりの名は」

千野が身を乗り出して訊いた。

「ひとりは、増林桑三郎」

「増林は堂源流の遣い手だ！」

千野が、声高に言った。

「もうひとりは、飯塚としか分からぬ」

「飯塚稲五郎だ！　飯塚も堂源流の遣い手として知られている」

「やはりそうか。……実は、そば屋で増林や飯塚が会っていたのは、千野どのたちを討つ相談ではないかとみているのだ」

「……！」

千野の顔が強張った。いっとき、虚空を睨むように見すえていたが、

「心当たりがある」

と、千野が言った。

「心当たりとは」

「一昨日、原島どのと配下の篠原龍太郎という先手組の者が、網代笠をかぶって顔を隠した三人の武士に跡を尾けられたらしいのだ。……原島どのの話では、おりよく何人もの供を連れた旗本の一行と出会い、その一行の後ろからついていったので難を逃れたとのことだ」

「戸坂たち堂源流の者たちが、原島どのたちを狙ったのか」

「そうみていいようだ」

千野が言った。

つづいて口をひらく者がなく、重苦しい沈黙につつまれたが、

「先手を打つしかないな」

泉十郎が語気を強くして言った。

「どんな手を打つ」

「おれたちは、増林と飯塚の居所をつかんでいる。……ふたりのうちどちらかを捕らえて、俊之助どのと森田どのを斬ったのはだれか、口を割らせるのだ」

「だが、増林と飯塚が俊之助どのの仇ならいいが、そうでないと、増林たちが捕らえられたことを知れば、仇は姿を消すぞ。下手をすると、江戸を離れるかもしれん。そうなると、討ち取るのはむずかしくなる」

千野が眉を寄せて言った。

「どうだ、増林と飯塚のうちどちらかひとりなら、おれと植女のふたりで捕らえてもいいぞ。……滝田藩とはかかわりのない者のふりをし、因縁でもつけてやり合うのだ」

泉十郎が言うと、それまで黙って聞いていた植女が、

「おもしろい」

と、ぽつりといった。

「増林と飯塚のどちらが、堂源流一門のことをよく知っている」

泉十郎が、千野に訊いた。

「増林だな」

「よし、増林を捕らえよう」

それで、話がまとまった。

泉十郎と植女は、千野の住む借家から出ると、いったん小柳町にある鶴沢屋にもどった。泉十郎が町人体の格好をしていたので、武士体に着替えるためである。

泉十郎が着替えていると、店の戸口に足音がした。見ると、女である。おゆらだった。町娘のような格好をしている。

「出かけるの」

おゆらが訊いた。

「増林を捕らえに、豊島町までな」

泉十郎が羽織の袖に腕を通しながら言った。

「あたしも行くよ」

おゆらが、店に入ってきた。

「駄目だ。その格好だと目立つ」

「家に踏み込むのかい」

「できれば、家の外の方がいい。近所の住人たちに、増林を連れ去ったのが滝田藩の者でないことを知らせるためにな。御家人を名乗ってから、増林を捕らえるつもりでいる」

泉十郎は、そのときの状況によって、火盗改か町方同心を名乗ってもいいと思った。滝田藩にかかわりがないことを近所の住人の耳に入れればいいのである。

「それなら、あたしが増林に手籠めにあったことにしようか」

おゆらは、泉十郎の脇に腰を下ろしている植女に身を寄せ、

「植女の旦那ァ、あたし、十五、六の町娘に見えるだろう」

と、鼻声で言った。

「遠くから見ればな」

植女が白けた顔をして言った。

「遠くから町娘に見えれば、それでいい。……よし、おゆらも連れて行こう」

泉十郎たち三人は、鶴沢屋を出た。

4

「こっちだ」

豊島町に入ると、植女が先にたった。

植女は豊島町の表通りをいっとき歩いてから細い路地に入った。そこは、八百屋、煮染屋、舂米屋など、町人の暮らしにかかわる店が並ぶ一画だったが、仕舞屋や妾宅ふうの家も目についた。

植女が舂米屋の脇に足をとめ、

「その家だ」

と言って、斜向かいにある借家ふうの仕舞屋を指差した。古い小体な家で、入口の板戸はしめてあった。

「いるかな」

泉十郎が、西の空に目をやって言った。

陽は沈みかけていたが、まだ夕陽が路地を照らしていた。路地沿いの家や樹木が、路地に長い影を伸ばしている。

路地には、ぽつぽつと人影があった。土地の住人がほとんどだが、ときおり物売りや御家人ふうの武士などが通りかかった。

「あたしが、見てくるよ」

そう言い残し、おゆらが下駄の音をひびかせて増林の住む家にむかった。

おゆらが家に近付くと、下駄の音がやんだ。さすが、仲間内で変化のおゆらと呼ばれる忍びである。下駄の音をさせないで歩いているのだ。

おゆらは家の戸口に近付いたが、すぐに踵(きびす)を返してもどってきた。

「だれか、いたか」

泉十郎が訊いた。

「いるよ、男だね」

おゆらによると、家のなかで足音がしたそうだ。その重い足音から、男のものだと分かったという。

「増林とみていいな」

植女が、増林の跡を尾けてこの家をつきとめたとき、近所の店で借家の住人について訊いたことを話した。増林はひとりで住み、ふだん家に出入りするのは下働きの女だけだという。

「あたしが、外に呼び出すよ」

「おゆら、近所の者に聞こえるようにな、大声で、増林に手籠めにされたと訴えるのだぞ」

泉十郎が言った。

まだ、近所の店はあいていた。路地には、行き交う人の姿もある。おゆらの声は、多くの者の耳に入るはずだ。

「まかせて」

おゆらが、ニンマリ笑った。

おゆらは下駄の音をひびかせて、増林の住む借家に近付いた。泉十郎と植女は、すこし間をおいてから路地に出た。

おゆらは、借家の戸口近くまで来ると、

「ここだ！　あたしをひどい目に遭(あ)わせた、お侍の家だ！」

と、まるで逆上したような声で叫び、下駄の音をひびかせて戸口に近寄った。

「増林の旦那！　出てきて、あたしに顔を見せてよ」

　声を上げて、激しく板戸をたたいた。

　近くを通りかかった子供連れの女が、驚いたような顔をして足をとめ、慌てて借家から離れた。女の後ろから来た職人ふうの男も、路傍に足をとめて借家に目をやっている。近所の店の者も、店先に出てきた。

　泉十郎と植女は、借家に近寄った。増林が戸口に出てきて、おゆらとやりあっているところへ飛び出すつもりだった。

　さらに、おゆらが叫びながら、板戸をたたいた。

　板戸の向こうで、「何の騒ぎだ」と男の声がし、板戸があいた。顔を出したのは、増林である。

「だれだ、おまえは」

　増林が、戸惑うような顔をして訊いた。

「この男だよ！　あたしを手籠めにしたのは！」

　おゆらは、声を張り上げて叫んだ。

「な、なんのことだ。おれは、おまえなど知らんぞ」

　増林が、声をつまらせて言った。困惑している。

「このお侍だ！　あたしを、襲ったのは」

さらに叫びながら、おゆらはすこし後じさった。

「女、騒ぎたてるな！　近所の者が見ている」

増林は、戸口から出てきた。

そこへ、泉十郎と植女が走り寄り、

「火盗改だ！　娘を手籠めにし、金を奪った科で捕らえる」

泉十郎が叫んだ。

「な、なに、火盗改だと」

増林は目を剝いて、その場につっ立った。

「逆らえば、斬るぞ」

言いざま、泉十郎が増林の鼻先に切っ先を突き付けた。すると、植女が増林の後ろにまわり、両手をとった。

「ま、待て！　これは、何かのまちがいだ」

増林が、声をつまらせて言った。

「申し開きがあれば、吟味のときに申すがいい」

泉十郎は、切っ先を増林の鼻先に突き付けたまま声を上げた。

「よせ！」

増林は、後ろ手に取られたまま身をよじった。

植女はすばやく細引で増林の両腕を縛った。忍びの術を心得ているだけあって、こうしたことも巧みである。

「猿轡もかませるぞ」

泉十郎が、増林に手ぬぐいで猿轡をかませた。

5

泉十郎と植女は、人影のすくない裏路地や新道などをたどって増林を古着屋に連れていった。途中、おゆらは泉十郎たちと別れた。自分の塒に帰ったらしい。

古着屋には、平吉がいた。もうすっかり暗くなっているのに、残っていたようだ。

「だ、旦那、その男は」

平吉は泉十郎と植女が連れてきた増林を見て、驚いたような顔をした。

「こいつは、追い剝ぎでな。懲らしめてやろうと思って、植女どのの手を借りてつかまえたのだ」

「そうですかい」

平吉の顔には不審そうな色があったが、泉十郎が植女といっしょに出かけることはめずらしくなかったし、古着屋とはちがう仕事で遠方まで出かけることも知っていたので、それ以上訊かなかった。

「もう遅い。平吉、帰っていいぞ」

「それじゃァ、帰らせていただきやす」

平吉は、首をすくめるように植女に頭を下げると、古着屋から出ていった。

泉十郎と植女は、古着を吊した土間の奥の小座敷に増林を座らせた。

「千野どのを連れてくる」

と泉十郎が言い残し、店から出た。千野の住む町宿は佐久間町にあったので、古着屋のある小柳町から近かったのだ。

すでに、辺りは深い夜陰につつまれていた。夜目のきく泉十郎は、人気のない町筋を走った。

千野の住む家に、灯の色があった。まだ、起きているらしい。泉十郎が家の戸口に身を寄せて板戸をたたくと、すぐに千野が姿を見せた。

「夜分、どうした」

千野が訊いた。

「増林を捕らえた。いっしょに、話を聞くか」

泉十郎が言った。

「そう願いたいが、場所は」

「おれたちの隠れ家だ。藩の者に、気付かれる恐れはない」

「すぐ、行く」

千野はそう言い残し、いったん家のなかにもどり、二刀を帯びて出てきた。

泉十郎が先導し、千野を鶴沢屋に連れていった。

戸をあけてなかに入ると、千野が土間に吊されている古着に目をやり、

「ここは、古着屋か」

と、驚いたような顔をして訊いた。

「おれたちの隠れ家のひとつと思ってくれ」

泉十郎は、自分の住まいとは言わなかった。たとえ味方であっても、塒は知られたくないのである。

奥の小座敷に座らされている増林を取り囲むように、泉十郎、植女、千野の三人が立った。小座敷の隅に置かれた行灯が泉十郎たちの横顔を照らし、闇のなかに浮かび上がらせ

ている。

増林は千野を見て驚いたような顔をした。

「うぬら、何者だ」

増林が、泉十郎と植女に目をやって訊いた。興奮しているらしく声がうわずり、体がかすかに顫えている。

「捕らえるときに、言ったはずだ。火盗改とな」

そう言って、泉十郎は増林の前に立った。

「おれを誑かすつもりか！」

増林が、顔を引き攣らせた。

「駿河台の神田川沿いの通りで、ふたりの武士が斬られたのを知っているな」

泉十郎が切り出した。

「……！」

増林は無言で、泉十郎を見上げた。

「われらは、その下手人を追っている。殺されたふたりは滝田藩の者らしいが、下手人は追い剝ぎか辻斬りかもしれん。それで、火盗改としても、黙ってみているわけにはいかないのだ」

泉十郎は、まだ火盗改のふりをしていた。そばに千野がいることもあって、増林が信じるとは思えないが、身分を隠すことはできる。

「何人もで、矢島俊之助と森田勝兵衛なる者を襲ったようだが、おぬしも、そのひとりだな」

泉十郎が訊いた。増林が俊之助たちを襲った者たちのなかにいたかどうかはっきりしないが、増林の反応を見るためにそう言ったのである。

「し、知らぬ」

増林が声をつまらせて言った。

「見た者がいる」

そう言った後、泉十郎は増林を見すえ、

「一味のなかに、背の高い武士がひとりいた。滝田藩士で堂源流の遣い手。それに長身となると、おぬししかおるまい」

と、語気を強くして言った。泉十郎は目の前にいる増林の背が高いのを見て、そう言ったのである。

「……！」

増林の視線が揺れた。動揺しているらしい。

「増林、おぬしらは、須田町の笹乃屋に集まり、ここにいる千野どのたちを討つ密談をしていたな。……集まったのは五人、いずれも堂源流を身につけた者たちだ」

「う、うぬは、何者だ！　千野とは、何のかかわりがある」

増林が驚愕に目を剝いて訊いた。千野がいることにくわえ、増林たちが笹乃屋に集まったことだけでなく、そこで話した内容まで口にしたからだろう。

泉十郎は増林の問いには答えず、

「図星だったようだな」

そう言った後、

「矢島俊之助どのを斬ったのは、飯塚か」

と、飯塚の名を出して訊いた。五人のことは、すべてつかんでいる、と思わせるためである。

「ち、ちがう」

「では、だれだ」

増林の肩が落ち、

「浅田仙九郎どの……」

と、小声で言った。これ以上、隠しようがないと思ったらしい。

「浅田仙九郎か！」

　そのとき、千野が声を上げた。

「浅田を知っているのか」

　泉十郎が千野に訊いた。

「知っている」

　千野によると、浅田は江戸勤番の藩士で、堂源流の遣い手として知られているそうだ。役目は徒目付。滝田藩では徒士を監察する役で、年寄に属しているという。

「すると、西川政右衛門の配下か」

　泉十郎が訊いた。

「そうなるな」

　千野の顔が、厳しくなった。

　それから、泉十郎と千野が、俊之助と森田を襲った者たちのことを訊いた。増林が話したことによると、襲ったのは、増林、戸坂、浅田の三人、それに、そば屋には飯塚と長谷川彦三郎という仲間もくわわったそうだ。長谷川も、徒士だという。

「森田どのを斬ったのは、だれだ」

　千野が訊いた。

「お、おれだ」

増林が声をつまらせて言った。

千野が口をつぐむと、小座敷は重苦しい沈黙につつまれたが、

「おぬしらは、なぜ、俊之助どのたちを襲ったのだ」

泉十郎が訊いた。たとえ、剣の流派が違っても、俊之助は家老の子である。相応の理由があるはずだ。

「おれは、浅田どのに手を貸せと言われて従っただけだ」

増林が小声で言った。

「年寄の西川さまの指図で、俊之助どのたちを襲ったのではないのか」

千野が訊いた。

「お、おれには、分からない」

そう言って、増林は肩を落とした。

6

泉十郎たちは増林から一通り訊き終えると、増林を小座敷から奥の座敷に連れていっ

た。そこは、泉十郎がふだん居間に使っている座敷である。

奥の座敷は、座敷牢のような造りになっていた。出入り口はひとつで、頑丈な造りの戸をしめると、密閉されてしまう。千野が引き取れるようになるまで、増林を奥の座敷に監禁することになるだろう。

売り場の小座敷にもどった泉十郎たちは、今後どうするか相談することにした。

「明日にも、ご家老と阿部さまにお話しする」

千野が言った。

「そうしてくれ」

千野たちにすれば、家老の矢島と先手組物頭の阿部から指図を受けて動くことになるだろう。

「おれたちは、どうする」

植女が泉十郎に訊いた。

「飯塚を先に押さえるか」

飯塚は増林が捕らえられたことを知って、借家から姿を隠すのではないか、と泉十郎はみたのだ。

「おれたちが借家に住んでいる飯塚と戸坂を捕らえるのは、浅田と長谷川の後になるな」

千野が、先に藩邸にいる浅田たちを捕らえたい、と言い添えた。

「おれと植女で、飯塚と戸坂を捕らえてもいいが、ふたり一緒というわけにはいかないな」

泉十郎は、おゆらの手を借りても、ひとりずつ捕らえることになるだろうと思った。

千野が言った。

「阿部さまに話して、どちらかに何人かむけられるかもしれない」

「それなら、おれたちは飯塚を捕らえる。戸坂は、千野どのたちにまかせよう」

いまのところ、飯塚の住家を知っているのは、泉十郎だけである。

「いつ、飯塚を捕らえる」

千野が訊いた。

「明日にも、飯塚の住む神田鍛冶町へ出かける。飯塚がいれば、その場で捕らえるつもりだ」

泉十郎が言うと、植女がうなずいた。

「おれは、明日にもご家老と阿部さまにお話しし、許しが得られれば、すぐに浅田と長谷川を捕らえる。……戸坂は、その後になるな」

千野が顔をひきしめて言った。

「藩邸内で浅田たちを捕らえたら、おれたちにも知らせてくれ」

「承知した」

千野は立ち上がった。


翌朝、泉十郎は暗いうちに起きて、植女の家にむかった。植女は、神田平永町(ひらながちょう)の借家に、おきぬという女といっしょに住んでいた。植女はおきぬのことを泉十郎にも話したがらないが、妻ではなく情婦(いろ)らしい。

泉十郎が借家の戸口に立って声をかけると、「すぐ、行く」と植女の声がした。つづいて、座敷から土間へ下りる音がし、板戸があいた。

植女の肩越しに、座敷に立って見送っている年増の姿が見えた。おきぬであろう。

「朝めしは、食ったのか」

泉十郎が植女に訊いた。

「食った」

そう言って、植女は後ろ手に板戸をしめた。

ふたりは飯塚を捕らえるために、鍛冶町へ行くつもりだった。暗いうちに出かけたのは、飯塚が借家にいるうちに仕掛けようと思ったからだ。

ふたりは、人気のない平永町の通りを足早に鍛冶町にむかった。東の空は仄かに明らんでいたが、町屋のつづく通りはまだ夜の帳につつまれていた。

ふたりは鍛冶町に入り、見覚えのある瀬戸物屋の脇の路地に入った。そして、表戸をしめた八百屋の前に足をとめた。

「そこの家だ」

泉十郎が、路地沿いにある借家を指差した。以前、泉十郎は八百屋の脇に身を隠し、飯塚の住む借家であることを確かめたのだ。

「いるかな」

植女が小声で言った。

「まだ、いるはずだ」

泉十郎と植女は、借家の戸口に近付いた。忍び足で、足音を消している。

ふたりが戸口の板戸に身を寄せると、かすかに水を使う音がした。顔でも洗っているのかもしれない。

「踏み込むか」

泉十郎は声を殺して言い、東の空に目をやった。

東の空は、曙の色に染まっていた。まだ戸口や軒下などは淡い夜陰に染まっていたが、辺りはだいぶ明るくなっている。家のなかに灯の色はなかったが、それほど暗くないはずだ。

「戸をあけるぞ」

植女が言って、板戸をあけた。

家のなかは、薄暗かった。敷居の先が土間になっていた。土間の先は板間だが、土間の左手に流し場があった。竈（かまど）もある。狭いが、台所になっているらしい。

その流し場に、男がひとり立っていた。小袖に角帯姿だった。顔を洗っていたらしい。男は振り返り、土間に入ってきた泉十郎と植女に顔をむけた。飯塚である。

「な、何者！」

飯塚が引き攣ったような声で叫び、土間から板間に飛び上がった。

泉十郎は抜刀（ばっとう）し、刀身を峰（みね）に返した。峰打ちにし、生きたまま飯塚を捕らえるつもりだった。植女は居合の抜刀体勢をとっている。

飯塚は板間の隅の刀掛けに置いてあった大小のうち、大刀を手にした。そして、素早い動きで抜刀した。

「盗賊ではないな。千野たちに与（くみ）した者か！」

飯塚が甲走（かんばし）った声で訊いた。どうやら、千野たちに味方している者がいるのを、知っているらしい。ただ、名や身分までは知らないようだ。

泉十郎も植女も、無言だった。泉十郎が低い八相に構えたまま摺り足で飯塚に近寄り、植女は飯塚の左手にまわり込んだ。逃げ道をふさいだらしい。

飯塚は刀の切っ先を泉十郎の腹の辺りにむけ、両膝をすこし曲げ、左右の足幅をひろくとった。

……槍の構えのようだ！

これが、堂源流の構えかもしれない、と泉十郎は思った。

飯塚の構えにかまわず、泉十郎は低い八相に構えたまま趾を這うように動かし、ジリジリと飯塚との間合を狭め始めた。

イヤアッ！

突如、飯塚が甲走った気合を発し、手にした刀を、つッと前に突き出した。槍で腹を突くような動きである。

すかさず、泉十郎は一歩踏み込んだ。

刹那、飯塚は逆袈裟に刀身を撥ね上げた。一瞬の太刀捌きである。

だが、泉十郎はわずかに身を引いて飯塚の切っ先をかわした。次の瞬間、泉十郎は一歩踏み込みざま刀身を横に払った。神速の一撃だった。

泉十郎の峰打ちが、飯塚の脇腹を強打した。

飯塚は手にした刀を取り落とし、呻き声を上げてよろめいた。そして、板間の隅まで行って、がっくりと膝を折った。

泉十郎が刀を下ろし、飯塚に近付いた。

そのとき、飯塚は脇の刀掛けに置いてあった小刀を手にし、

「死ね！」

と叫びざま、抜き打ちに泉十郎に斬り付けようとした。

このとき、飯塚の脇から近付こうとしていた植女が、鋭い気合を発して抜き付けた。居合の一瞬の抜刀である。

ザクリ、と飯塚の肩から背にかけて小袖が裂けた。飯塚は、苦しげな呻き声を上げてよろめいた。

「しまった！」

と、植女が声を上げた。咄嗟に、飯塚を斬ってしまったのだ。

飯塚のあらわになった肩から背にかけて肌が赤くひらき、血が迸り出た。激しい出血である。

飯塚は血を噴出させながらガックリと膝を折った。

7

泉十郎は飯塚に身を寄せ、背中に手をまわして体を支えてやった。飯塚の傷は深かった。飯塚は長くはもたない、と泉十郎はみたのだ。

「しっかりしろ」

泉十郎が飯塚に声をかけた。

飯塚は苦しげに、顔をしかめている。飯塚の傷口から血が迸るように流れ出、泉十郎の手も赤く染まってきた。

「飯塚、浅田たちの仲間だな」

泉十郎が訊いた。

飯塚は、泉十郎に顔をむけただけで何も言わなかった。ハア、ハアと喘(あえ)ぎ声(ごえ)を洩(も)らしている。

「増林がすべて話した」

泉十郎が増林の名を出した。

「……！」

飯塚は驚いたような顔をしたが、すぐに苦しげな表情に変わった。

「しっかりしろ。……血をとめれば、何とかなる」

泉十郎はそう言って、懐から手ぬぐいを取り出し、飯塚の傷口にあてがった。泉十郎は飯塚がしゃべるまで生かしておきたかったのだ。

「俊之助どのたちを襲ったのは増林。それに、浅田と戸坂だな」

泉十郎が、念を押すように訊いた。

「そ、そうだ……」

飯塚が応えた。これ以上、隠しておいても仕方がないと思ったのだろう。

「なぜ、俊之助どのたちを襲ったのだ」

「し、知らぬ」

「だれの指図だ」

泉十郎が畳み込むように訊いた。

「浅田どのだ」

「やはり、浅田か」

俊之助たちを襲った三人のなかでは、浅田が頭格のようだ。堂源流の腕もたつのかもしれない。

「それにしても、解せぬな」

泉十郎はそう言った後、

「浅田は、なぜ俊之助どのを狙ったのだ。俊之助どのが一刀流の道場に通っていたからだ、という者がいるようだが、それだけではあるまい。他流を身につけた者を生かしておけないのなら、藩士の多くを殺さねばならないぞ」

「い、一刀流とは、古くから政を巡って諍いがあったが……」

飯塚が喘ぎながら言った。

「とはいえ、殺すほどではあるまい」

「く、くわしいことは知らないが、浅田どのは、だれかに……」

飯塚の声がとぎれ、喘ぎ声が激しくなった。体も小刻みに顫えだした。

「だれかに、命じられたのか！」

泉十郎が飯塚の体を支えながら訊いた。

「そ、そうだ」

「だれに！」

泉十郎の声が大きくなった。早く聞き出さねば、飯塚の命はもたない。

「に、に……」

飯塚が声を震わせて言った。体がさらに激しく顫えだした。

「年寄の西川か」

泉十郎が声を大きくして訊いた。

飯塚がうなずいたように見えた直後、背を反らせて顎を前に突き出した。グッ、と喉のつまったような呻き声を上げ、体が硬直したように見えた次の瞬間、飯塚の体から力が抜けて、ぐったりとなった。

「死んだ……」

泉十郎が小声で言った。

泉十郎と植女は飯塚の死体を仰向けに横たえ、顔に手ぬぐいをかけてやってから借家を出た。

「どうする」

植女が訊いた。

「ともかく、千野どのに会って事情を話そう」

泉十郎は、浅田たちの背後にやはり年寄の西川政右衛門がいる疑いがあることを千野に話さねばならないと思った。

飯塚の住む借家を出た泉十郎と植女は、その足で千野の住む佐久間町にむかった。すでに辺りは夜陰に染まっていたが、できるだけ早く千野に飯塚から聞いたことを知らせたかったのだ。

千野は家にいた。藩邸からもどったようだ。泉十郎が戸口の板戸をたたき、声をかけると、すぐに戸があいて千野が姿を見せた。千野は小袖に角帯姿だった。家に帰って着替えたらしい。

「千野、話がある」

泉十郎が言うと、

「おれも、話があるのだ。明日にも、鶴沢屋へ行くつもりだった」

千野は、すぐに泉十郎と植女を家に入れた。

座敷の隅に、行灯が置いてあった。三人が座敷のなかほどに座ると、

「向井どのから、話してくれ」

千野が、声をあらためて言った。

「今日、植女とふたりで飯塚の住家に踏み込んだのだ。捕らえるつもりだったが、斬ってしまった」

そう前置きし、泉十郎がそのときの様子を掻い摘んで話した。

「それでも、飯塚は息を引き取る前にいろいろ話したのでな、だいぶ様子が知れたよ」

泉十郎は、浅田、増林、戸坂の三人が俊之助と森田を襲ったことを言い添えた。

「やはり、首謀者は浅田か」

千野が顔を厳しくして言った。

「それがな、浅田に俊之助を討つよう命じた者がいるらしいのだ」

「なに、浅田に命じた者がいるだと」

千野が声を大きくした。

「年寄の西川らしい」

「西川か！」

千野は息を呑んだが、いっときして、

「われらの胸の内にも、西川が黒幕ではないかとの思いはあったが、まさか、ご家老の嫡男の俊之助どのの命を狙うなどとは……」

そう言って、虚空を睨むように見すえた。千野は年寄の西川を呼び捨てにした。此度の件の黒幕とみたからであろう。

泉十郎と植女も、無言のまま座していた。座敷は重苦しい沈黙につつまれていたが、泉十郎が、

「それで、藩邸にいる浅田たちは、どうなった」

と、千野に訊いた。千野は、家老の矢島と先手組物頭の阿部に浅田たちのことを話した上で、浅田たちを捕らえることになっていたのだ。

「それが、浅田たちは藩邸から姿を消したのだ」

「なに、姿を消したと!」

「それも、今朝からだ」

千野によると、今朝、藩邸に行くと、浅田、戸坂、長谷川の三人の姿がなかったという。大草や原島の手も借りて捜したが、みつからなかったそうだ。

千野は矢島と阿部に浅田たちのことを話した後、さらに大草たちとともに藩邸内を捜したという。

「今朝、暗いうちに、浅田たちは藩邸を出たようなのだ」

千野が顔をしかめて言った。

「藩邸を出たと」

泉十郎が聞き返した。

「藩邸の裏門から、浅田たちが出て行くのを目にした者がいる」

「おれたちが、増林を捕らえたのを知り、自分たちのことが露見するとみて、姿を消したのではないかな。……それに、西川が己のことが知れないように、浅田たちを逃がしたとも考えられる」

　泉十郎が言うと、植女は無言のままうなずいた。

「ともかく、浅田たち三人を探ってみる」

　千野が、先手組や目付筋の者を動員して、浅田たちが身を潜めていそうな場所をあたってみると言い添えた。

第三章　奥州へ

1

古着屋の小座敷に、四人の男が集まっていた。泉十郎、植女、千野、大草である。泉十郎と植女が飯塚を討ち、その後千野と会って話した翌朝だった。千野と大草が慌てた様子で、古着屋に姿を見せたのである。

千野は泉十郎と顔を合わせるなり、

「浅田たちは、国元にむかうようだ」

と、すぐに言った。

「奥州へ旅立ったのか」

泉十郎が、驚いたような顔をして訊いた。滝田藩の領地は、奥州街道の白河宿の先の山間にひろがっている。

「まだ、江戸を発ったかどうかはっきりしないが、今日の内にも国元にむかうのではないかな」

千野によると、浅田、戸坂、長谷川の三人に、堂源流一門の者がふたりくわわり、江戸を発つのではないかという。

「よく知れたな」

「今朝、町宿の藩士が、浅田たち五人が歩いているのを目にしたようだ。そのうち浅田たち三人は、旅装束だったらしい」

「他のふたりは」

「使方の宗田勝次郎と並木吉太郎だ」

滝田藩の使方は重臣に仕え、諸々の雑用にあたっているという。宗田と並木は、年寄の西川に仕えているそうだ。

「宗田と並木も、浅田たちといっしょに国元にむかうのか」

泉十郎が訊くと、それまで黙って聞いていた大草が、

「そうみていいようです。ふたりは藩邸に来てないし、同じ使方の者に国元に帰ると話したそうですから」

と、身を乗り出すようにして言った。

「浅田たちは、江戸から逃げたのか」

「そうではないようだ。逃げたのなら、宗田と並木が同行するはずはない」

千野が言った。

「そうだな」

泉十郎も、浅田たちは、江戸から逃走したのではない、とみた。

「浅田たちは、何か目的があって国元にむかったはずだ」

千野が言うと、大草もうなずいた。

「その目的は」

泉十郎が訊いた。

「御家老と阿部さまは、浅田たちが国元にむかったのは、俊之助どのが殺されたことを報告するためではないかとみておられる。それも、俊之助どのは、江戸で剣術の立ち合いに敗れて殺されたことにするのではないかと……」

千野が顔をしかめた。

「どういうことだ」

「俊之助どのを殺したのは、藩士ではないことにするためらしい」

「うむ……」

そうかもしれない、と泉十郎は思った。浅田たちが殺したことが国元に知れると、浅田たちだけでなく、年寄の西川の立場もなくなるのだ。

「御家老は、浅田たちが他にも俊之助どのを貶(おとし)めるための噂(うわさ)を流すのではないかとみておられる。例えば、俊之助どのは、江戸で放蕩(ほうとう)な暮らしをつづけ、酒色(しゅしょく)に溺(おぼ)れていたといったような噂だ」

「なぜ、そのような噂を流すのだ」

黙って聞いていた植女が、口を挟んだ。

「実は、俊之助どのと国元の御城代（ごじょうだい）の森重藤左衛門（もりしげとうざえもん）さまの御息女、ゆりさまとの婚礼が、来春と決まっていたようなのだ」

御城代とは、城代家老のことで、滝田藩には国元にひとりだけいて、藩政を担（にな）う中核である。

「俊之助どのは、城代家老の娘御を嫁に迎えることになっていたのだな」

泉十郎が言った。

「いや、俊之助どのが、婿（むこ）として森重家に入ることになっていたそうだ」

森重の子はふたりいるが、いずれも女だという。

「俊之助どのは、嫡男ではないか」

「そうだが、御家老の矢島家には、次男、三男がおられる。ふたりとも、まだお若いが、矢島家は跡継ぎの心配はないらしい」

「娘御の歳は」

泉十郎が訊いた。

「十五と聞いている」

「婿を迎えるには、いい歳だな」

「それに、御城代は還暦(かんれき)にちかいご高齢で、しかも病気がちであられる。それで、早く婿に家を継がせて隠居されたいようなのだ」

「すると、その婚礼を阻止(そし)するために、俊之助どのを殺したとみるのだな」

「まァ、そうだ」

「いったいだれが、俊之助どのを殺してまで、矢島家と森重家の婚礼を阻止しようとしているのだ」

泉十郎が語気を強くして訊いた。

「年寄の西川だ」

千野は、年寄の西川を呼び捨てにした。浅田たちの背後にいる黒幕は、西川とみているようだ。

「西川は、俊之助どのに森重家を継がせたくなかったのか」

すぐに、泉十郎が訊いた。

「そうみている」

「なぜだ」

「西川は、森重さまが御城代を退かれた後のことを考えているのだ。いまのところ、御城代の跡を継がれるのは、矢島さまか西川とみられている。俊之助どのが森重家の跡を継がれれば、当然、森重さまは矢島さまを御城代に推挙されるだろう」

「まァ、そうだろうな」

「ところが、俊之助どのが江戸で酒色に溺れ、剣術の立ち合いで何者かに斬り殺されたとなると、どうなる。婿入りの話はなくなり、森重さまは矢島さまではなく西川を推挙するのではないかな」

千野の顔に憤怒の色が浮いた。

「そういうことか」

泉十郎も、強い怒りを覚えた。

滅多なことでは顔色を変えない植女にも怒りの色があった。

「それで、われらは何としても、国元にむかった浅田たちを討ちたいのだ」

千野が語気を強くして言った。

「いいだろう。おれたちも、浅田たちを追って奥州に向かおう。うまくすれば、旅の途中で浅田たちを討てるかもしれない」

泉十郎が言うと、植女もうなずいた。

泉十郎たちは、すぐにも江戸を発ち、日光街道の草加宿で今夜の宿をとることに決めた。奥州街道は、宇都宮宿まで日光街道と同じ道である。

「増林を引き取ってくれるか」

泉十郎が千野に言った。旅に出れば増林を古着屋に監禁しておけないのだ。

「承知した」

千野が、そのつもりできた、と言い添えた。

2

千野たちが帰った後、泉十郎が旅支度をして出かけようとすると、裏手にいた平吉が顔を出した。平吉は半刻（一時間）ほど前に古着屋に姿をみせたのだ。

このところ、泉十郎は古着屋にいないことが多く、それをいいことに、平吉は来たり来なかったりだった。

「旦那、お出かけですかい」

平吉が、ニヤニヤしながら近付いてきた。

泉十郎は、武士の旅装束らしい野羽織に野袴で羅紗の合羽を羽織っていた。いずれも、闇に溶ける茶や黒である。

「また、古着の買い付けにな」

泉十郎は、遠国御用で長く江戸をあけるとき、古着の買い付けで遠方に出かけると平吉に話すことが多かった。

「長くかかるんですかい」

「陸奥まで行くからな」

泉十郎も、帰りはいつになるか分からなかった。

「あっしは、また留守番になりやすね」

と言って、平吉は揉み手をしながら泉十郎を上目遣いに見た。

「そうだった。平吉には、手当てを渡しておかないとな」

泉十郎は懐から財布を取り出すと、一分銀をふたつ摘み出して平吉の手に握らせてやった。

平吉は目を細めて一分銀を握りしめ、

「旦那、店のことは心配しねえで、羽を伸ばしてきてくだせえ」

と言って、店の戸口までついてきた。

泉十郎は店を出ると、柳原通りを浅草御門の方へむかった。神田川にかかる和泉橋のたもとまで来ると、植女が待っていた。旅装束の植女の脇に、巡礼姿の女が立っていた。おゆらである。

「おゆらも、いっしょか」

泉十郎が、おゆらに目をやって言った。

「橋の近くで、ばったり植女の旦那と会ってね。奥州まで旅すると聞いて、あたしもいっしょに行くことにしたんですよ。……向井の旦那、よろしくね」

おゆらは、すました顔をしている。

「また、三人旅だな」

泉十郎は苦笑いを浮かべた。

おゆらは、泉十郎と植女が旅に出ることを耳にし、いっしょに行くつもりで植女の後についてきたのだろう。おゆらは泉十郎たちと旅に出るとき、巡礼姿に身を変えることが多かった。

巡礼なら、女がひとりで旅していても不審を抱かせないし、背負っている笈のなかに忍具、着替え、食料などを入れて旅ができるからだ。

「出かけるか」

泉十郎と植女は、肩を並べて歩きだした。おゆらは、ふたりの後ろからついてくる。三人いっしょに歩くわけにはいかなかったのだ。

泉十郎たちは、浅草御門を経て日光街道を北にむかった。

日光街道は賑わっていた。旅人、駕籠、駄馬を引く馬子などにくわえ、浅草寺への参詣客や遊山客などが目についた。

泉十郎たちは、浅草駒形町を過ぎ、浅草寺の堂塔を左手に見ながら、浅草聖天町、新鳥越町と歩いた。賑やかだった浅草の町筋を抜けると、しだいに街道の人影がすくなくなり、辺りが寂しくなってきた。

「陽が沈むまでに、草加宿まで着けるかな」

泉十郎が、西の空に目をやって言った。日光街道は、日本橋から千住宿を経て草加宿へとつづいている。

陽はまだ西の空にあったが、一刻（二時間）もすれば、沈むのではあるまいか。忍びの心得のある泉十郎たちは、暗くなってもかまわないが、千野たちと会う手前、暗くなる前に草加宿に入りたかったのだ。

「すこし急ぐか」

そう言って、植女が足を速めた。

泉十郎も足を速め、植女と並んで歩いた。おゆらは遅れずについてくる。おゆらは女ながら忍びの術に優れ、足も達者である。

仕置場のある小塚原を過ぎ、千住宿の中村町に入った。泉十郎たちは千住宿で足をとめることなく通り過ぎ、荒川にかかる千住大橋を渡った。

千住宿から草加宿まで、二里八町。泉十郎たちは休むことなく歩いたが、草加宿に入ったのは、陽が沈んで宿場が夜陰につつまれてからだった。

宿場に入ると、店仕舞いした茶店の脇に大草が立っていた。旅装束である。大草は泉十郎たちの姿を目にすると、足早に近寄ってきた。

おゆらは知らん顔をして、大草の前を通り過ぎていく。

「千野どのは」

泉十郎が訊いた。

「この宿場の大原屋で、向井どのたちが来るのを待ってます」

大原屋は旅籠で、泉十郎たちの部屋もとってあるという。大草と原島も、大原屋に草鞋を脱いでいるそうだ。

「おれたちも、大原屋で世話になるか」

泉十郎と植女は、大草についていった。

大原屋は、草加宿でも目につく大きな旅籠だった。女中が用意してくれた濯ぎを使い、二階の座敷に案内された。そこは二階の隅にある小座敷で、泉十郎と植女だけの部屋らしかった。

大草によると、千野たちの座敷は廊下の斜向かいだという。

「先に、千野たちのところへ顔を出そうか」

泉十郎が大草に訊くと、

「酒の支度ができたら呼びにきます」

そう言って、大草は斜向かいの部屋へもどった。酒を飲みながら、今後のことを相談するつもりらしい。

泉十郎と植女は座敷に入って荷を置いた。

「先に湯を使わせてもらおう」

泉十郎が植女に声をかけた。

ふたりが湯から出て座敷にもどると、大草が待っていた。

「酒の支度ができたようです」

大草が、泉十郎たちに知らせた。

3

泉十郎と植女が、座敷に並べられた膳の前に腰を下ろすと、

「向井どのと植女どのには、御足労かけて申し訳ない。これから、今後のことを相談せねばならないが、今日は旅立ちの夜だ。せめて飲みながら話そうと思ってな」

そう言って、千野が銚子を取り、隣に腰を下ろした泉十郎の猪口に酒を注いだ。

泉十郎たち五人で酒を注ぎ合っていっとき飲んだ後、

「浅田たちは、どの辺りまで行ったかな」

と、泉十郎が千野に訊いた。

「この宿場を八ツ半（午後三時）ごろ通ったようだ」

千野たちは草加宿に入ると、大原屋に草鞋を脱ぐ前に、茶店の親爺や宿場にたむろしている駕籠かきなどから話を聞き、浅田たちらしい五人連れの武士が、次の宿場の越ケ谷宿へむかったことを知ったという。

「浅田たちは越ケ谷の先の粕壁まで、足を延ばしたかもしれんな」

泉十郎が言った。

草加から越ケ谷まで一里と二十八町しかなかった。すこしでも早く、滝田藩の領内に入りたい浅田たちは、越ケ谷の先の粕壁宿まで足を延ばしたのではあるまいか。

「明日は、早立ちだな」

千野が大草たちに目をやって言った。

「明け六ツ（午前六時）前に、ここを出よう」

泉十郎は、浅田たちに早く追いつきたいと思った。ただ、明け六ツ前といっても、それほど早い出立ではない。この時代の旅人は、夜明け前に宿を出る者もすくなくないのだ。

泉十郎たちは明日の早立ちに備え、酒を早めに切り上げた。そして、泉十郎と植女は部屋にもどり、すぐに床に入った。

それから、どれほど経ったのか。泉十郎は、ホウ、ホウという梟の鳴き声で、目を覚ました。

「おゆらだ」

植女が身を起こして言った。植女も、梟の鳴き声に目を覚ましたらしい。

「何か知らせることがあるようだ」

泉十郎は、おゆらが泉十郎たちに知らせたいことがあって、呼んでいるのだと気付いた。泉十郎と植女はすぐに闇に溶ける装束に着替え、足音を忍ばせて廊下を歩き、大原屋から出た。

ふたりが大原屋からすこし離れると、闇に溶ける忍び装束に身をつつんだおゆらが姿を見せた。

「旅籠の脇へ」

おゆらはそう言って、ふたりを大原屋の脇の暗がりに連れていった。

泉十郎たち三人の姿は闇に溶け、三人の目だけがかすかに青白く浮き上がったように見えた。

「どうした」

泉十郎が訊いた。

おゆらは、草加宿に入ってから木賃宿(きちんやど)の者に話を聞いたことを口にしてから、

「浅田たちは、この宿場を八ツ半ごろ通ったようだよ」

と、言い添えた。

「おれたちも、そのことは耳にした」

泉十郎が言った。

「浅田たちは、粕壁まで足を延ばしたとみていいね」

「そうだな」

「気になることを耳にしてね。旦那たちの耳に入れておこうと思ったんですよ」

おゆらが、声をあらためて言った。

「なんだ、気になることとは」

「五人のうち、ふたり槍を持っていたそうですよ」

「槍をな」

泉十郎も、気になった。長柄の槍は、長旅には邪魔になる。駕籠や馬に乗るにも不便だし、旅籠に泊まるのも厄介である。一刻も早く滝田藩の領内に入りたいなら、槍など持たずに旅するはずだ。

「おれたちを襲う気ではないか」

植女が言った。

「あたしもそうみたんだよ」

「どこかで、待ち伏せるつもりだな」

泉十郎も、槍は追っ手を討つために用意したのではないかとみた。

「油断はできないよ」

おゆらの目が、闇のなかで夜禽のようにひかっている。

「おゆら、頼みがある」

泉十郎が声をあらためて言った。

「なんだい」

「浅田たちに目を配ってな、おれたちを待ち伏せするような動きがあったら、知らせてくれ」

「分かってますよ。……旦那たちは、明日、早立ちだね」

「そのつもりだ」

泉十郎が言った。

「あたしは、これで」

おゆらは植女にめくばせし、「植女の旦那、またね」と小声で言って踵(きびす)を返した。

おゆらの姿は、すぐに夜陰のなかに消えた。足音も聞こえない。おそらく、今夜のうちに草加宿を出るだろう。

翌朝、泉十郎たちは、昨夜のうちに大原屋に頼んでおいた弁当を持って宿場に出た。まだ明け六ツ前で、宿場は夜陰につつまれていたが、あちこちから人声や馬の嘶(いなな)きなどが聞こえてきた。早立ちの旅人たちが旅籠を出て、次の宿場にむかおうとしているのだ。

泉十郎は草加宿を出たところで、

「浅田たちは、追っ手から逃げるだけではないかもしれないぞ」

と、千野に身を寄せて言った。

「どういうことだ」

「浅田たちは、千野どのたちが滝田藩の領内に入る前に、討ちたいと思っているのではないかな」

泉十郎は、おゆらのことは口にできないので、そう切り出した。

「……！」

千野が振り返って、泉十郎を見た。驚いたような顔をしている。

「浅田にすれば、千野どのたちが国元で、俊之助どのと森田どのを斬ったのは浅田たちだと訴えたら、困るのではないか」

「そうかもしれん」

「旅の途中、千野どのたちを討てば、浅田たちは国元で自分たちの都合のいいように話ができる」

「向井どのの言うとおり、浅田たちはおれたちを襲うかもしれない」

千野の顔が、けわしくなった。

泉十郎たちは、草加から越ケ谷を通り過ぎ、粕壁宿に入ってから茶店で弁当をつかった。

4

「浅田たちは、どの辺りまで行ったかな」

千野が握りめしを手にして言った。

「幸手(さって)辺りまで、行っているはずだが」

粕壁の次の宿場は、杉戸(すぎと)だった。その先が幸手である。

「何とか追いつきたいな」

千野は領内に入る前に、浅田たちを討ちたかったのだ。

「もうすこし、急ぐか」

泉十郎が言った。

「そうしよう」

千野が、大草たちに聞こえる声で言った。

泉十郎たちは粕壁宿へ来るまでも急ぎ足だったが、さらに足を速めようというのだ。泉十郎と植女は忍びの術を身につけており、健脚であるうえに長旅には慣れていた。どんなに急いでも疲れるようなことはないが、千野たちはちがう。あまり無理をすると、浅田たちに追いつく前に、疲労のために戦力を失う恐れがある。

　泉十郎たちは急いで握りめしを食べ終え、茶店を出た。粕壁宿から次の杉戸まで、一里と二十一町だった。

　泉十郎たちは杉戸宿を通り過ぎ、陽が西の空にまわったころ幸手宿に入った。宿場を歩きながら、泉十郎は茶店や旅籠の脇などに目をやったが、浅田たちもおゆらの姿もなかった。

「栗橋（くりはし）まで足を延ばすぞ」

　千野が声をかけた。

　幸手から栗橋まで二里と三町あった。栗橋宿に入るころには陽が沈むだろうが、無理をすれば歩けないことはない。ただ、栗橋の先には利根川（とねがわ）があり、船で渡らねばならないので、どうしても翌朝になる。

　その日、泉十郎たちは栗橋で宿をとった。明日、朝のうちに船で利根川を渡るために、早めに寝ることにした。

　泉十郎と植女が床に入って間もなく、また旅籠の近くで梟の鳴き声がした。

「おゆらのようだ」

泉十郎が身を起こした。

植女も身を起こし、すぐに闇に溶ける衣装に着替えた。旅籠の者や旅人に気付かれないように、泉十郎と植女は足音を忍ばせて旅籠から出た。

ホウ、ホウ、と旅籠の脇から梟の鳴き声がしている。泉十郎と植女が行ってみると、ちいさな稲荷があった。

闇を透かしてみると、稲荷の祠の前に人影がある。おゆらのようだ。闇に溶ける忍び装束なので、そう思って見なければ、泉十郎たちでも見分けられない。

「おゆらか」

泉十郎が声をかけた。

「そうですよ」

おゆらは、祠の前から路地に出てきた。

「旦那たちの耳に入れておくことがあるんですよ」

おゆらが、声を潜めて言った。

「なんだ」

「浅田たちは、昨日の八ツ半（午後三時）ごろの船で、利根川を渡りましたよ」

「すると、今夜の宿は、中田の先の古河かな」

船で利根川を渡ると、すぐに中田宿だった。おそらく、浅田たちは中田の先の古河まで足を延ばしたはずである。

「それが、中田に泊まるようだよ」

「中田には、陽が高いうちに着くのではないか」

次の古河宿まで、無理をしなくても足を延ばせるはずである。

「あたしね、巡礼の格好で、浅田たちの後ろからついていったんです。関所の手前で、宗田という男が、浅田と話しているのが耳に入ったんですよ」

おゆらによると、切れ切れに聞こえたのではっきりしないが、浅田たちは中田宿の先で、後を追ってくる千野たちを襲う相談をしていたらしいという。

「それに、中田宿で何人か集めるつもりだよ。……金さえ出せば、中田宿でならず者を集められると話していたからね」

「おれたちを襲うのは、中田宿の先か」

泉十郎の顔が厳しくなった。

「栗橋で、もう一晩泊まるか」

植女が訊いた。

「いや、浅田たちが、中田宿の先で待ち伏せしているのが知れたのだ。待ち伏せを逆手(さかて)にとって、こっちから仕掛けよう」

「どうするのだ」

「身を隠している者たちを見つけて、背後から襲うのだ」

泉十郎が言うと、

「おもしろいね」

すぐに、おゆらが乗り気になった。

「明日、おゆらはおれたちより先に行って、浅田たちが身を隠している場所を探してくれ」

「分かったよ」

おゆらは、明日が楽しみだね、と言い残し、稲荷の祠に足をむけた。おゆらはかすかな足音だけ残して、その場を離れた。忍び装束に身をつつんだ姿が、深い闇のなかに吸い込まれるように消えていく。

翌朝、泉十郎たちは旅籠を出ると、すぐに関所にむかった。栗橋宿を出るとすぐに関所があり、船で利根川を渡る前にそこを通らねばならない。ただ、箱根の関所のように、厳重な取り締まりではなかった。男は江戸にむかうときも出るときも手形はいらず、女は江戸から出るときだけ手形が必要だった。

泉十郎たちは関所を通って渡船場に出た。川岸に小屋があり、渡し船を利用する旅人が大勢集まっていた。

泉十郎は念のため、集まっている客たちに目をやった。浅田たちがいないか確かめたのである。初老の武士がふたりいたが、見覚えのない顔だった。

「船に乗ってくだせえ」

赤銅色の肌をした船頭が、客たちに声をかけた。

5

栈橋に船が着くと、泉十郎たちは船を下りた。そして、川岸にあった渡船場の前を通って、街道に通じる細い道に出た。道沿いに、葦や笹などが茂っていた。旅人たちは、細い道を一列になって歩いていく。

いっとき歩くと、道は雑木林のなかに入り、街道らしい道幅になった。

雑木林を抜けると急に視界がひらけ、街道沿いに茶店や旅籠などが目につくようになった。この辺りから、中田宿である。

「どうだ、茶屋で一休みしていかないか」

泉十郎が千野たちに声をかけた。

泉十郎は、中田宿の先で浅田たちが待ち伏せしていることを匂わせておきたかったのである。

「そうだな」

千野が、大草たちに目をやって言った。

泉十郎たちは茶店の長床几に腰を下ろし、店の親爺に饅頭と茶を頼んだ。親爺が茶と饅頭を運んでくると、泉十郎は茶で喉を潤してから、

「渡し船を下りた後、おれの近くにいた船頭が話しているのを耳にしたのだがな」

そう切り出し、船頭の話として、五人連れの武士が荷揚げ人足たちに声をかけていたことを口にした。

渡し場には、客を乗せる船だけでなく、馬を乗せる馬船、荷物を運ぶ茶船なども運行されていて、馬や荷を扱う人足たちもいたのだ。

泉十郎は実際に船頭の話を耳にしたわけではなかったが、おゆらから聞いていた、中田宿で浅田たちがならず者を何人か集めるらしい、との情報を伝えるために、そう言ったのである。

「その五人、浅田たちか」

千野が訊いた。そばにいた大草と原島も、泉十郎に目をむけている。

「そうみていいな」

「人足たちに声をかけていたのは、どういうわけだ」

「おれたちを襲うために、雇ったのではないかな」

「人足に、助太刀させるのか」

「おれは、そうみた。人足のなかには、腕っぷしに自信のあるならず者もいる。金さえもらえば、なんでもやるはずだ」

「素手で、おれたちを襲うのか」

千野は、まだ納得できないような顔をしていた。

「いや、脇差を持ち出すかもしれん。それに、六尺棒や竹槍を使う手もある」

「大勢だと面倒だな」

千野の顔が厳しくなった。泉十郎の話を信じたようだ。

「浅田たちが襲うとすると、この先だぞ。人足たちを、次の宿場まで連れていけないからな」

「どうする」

る。

千野が泉十郎に顔をむけた。大草と原島も、湯飲みを手にしたまま泉十郎を見つめてい
「逆手とは」

「待ち伏せしているなら、逆手にとればいい」

「潜伏している者たちを見つけだして、おれたちが襲うのだ」

「そんなことができるのか」

千野が驚いたような顔をした。

「できる。街道沿いに身を隠して襲うような場所は、かぎられているはずだ。そこを探し出せば、背後から忍び寄って襲うことができる」

泉十郎はそう言った後、いっとき間を置いてからさらにつづけた。

「おれと植女が、先にたつ。すこし間を置いてから、千野どのたちは、姿が見えないように一町ほど後から来てくれ」

「承知した」

「先に行くぞ」

泉十郎と植女は饅頭を食べ終えると、すぐに街道へ出た。

中田宿を出た後も、街道沿いには民家や田畑がつづいていた。街道には、旅人、荷駄（にだ）を

引く馬子などの姿がちらほら見えた。

次の宿場の古河宿まで、一里と二十町ほどだった。泉十郎は古河宿に着くまでのどこかで、浅田たちが待ち伏せしているとみていた。

しばらく歩くと、街道沿いの民家が途絶え、急に視界がひらけた。ひろがった田畑のなかに、百姓の家や竹藪(たけやぶ)、雑木林などが目につくようになった。

「あそこに、おゆらがいる」

植女が泉十郎に身を寄せて言った。

一町ほど先に、杉の林があった。林といっても、街道沿いの狭い場所に杉がわずかに植えられているだけである。

杉の樹陰に、巡礼が腰を下ろしていた。おゆらである。切り株にでも腰を下ろし、木陰で一休みしているように見える。

泉十郎はおゆらの前まで来ると、腰をかがめて、草鞋の紐を結びなおすようなふりをした。おゆらの話を聞くためである。

植女は泉十郎の脇に立ち、泉十郎が草鞋の紐を結びなおすのを待っているような格好をした。

「二町ほど先の雑木林に、浅田たちが潜んでますよ」

おゆらが小声で、浅田たちが雑木林のなかに入るのを目にしたことを話した。

「何人だ」

「十人ほど。……槍を持っているのがふたり、竹槍が三人」

おゆらが、竹槍は中田宿から連れてきた男だと話した。

「十人か。半数が、槍だな」

泉十郎は、竹槍も槍とみたのである。

「それで、街道のどちら側に潜んでるのだ」

泉十郎が訊いた。

「両側に分かれたようですよ」

おゆらが、浅田たち十人は左右に分かれて雑木林のなかに入ったことを話した。

「両側から飛び出して挟み討ちにする気だな」

「そうみていいね」

「浅田たちが二手に分かれたのは、おれたちにとっては幸いだ」

泉十郎は、「おゆら、助かったぞ」と小声で言って、立ち上がった。

6

泉十郎が街道に足をとめ、

「あそこだな」

と言って、街道の先を指差した。おゆらが話していたとおり、街道沿いに雑木林がつづいている。

「ここで、千野どのたちを待とう」

泉十郎と植女は街道の脇に身を寄せ、一休みしているようなふりをして、千野たちが来るのを待った。

千野たち三人が近付くと、

「この先の雑木林のなかに、浅田たちが入っていくのを見かけた」

泉十郎が、前方を指差して言った。見かけたのはおゆらだが、おゆらの名を出せなかったのでそう言ったのである。

「待ち伏せか！」

千野の顔が厳しくなった。

「そうみていいな」

「何人だ」

「十人ほどだ。二手に分かれ、街道の左右に身を潜めている」

泉十郎が、槍と竹槍を持っている者が五人いることを話した。

「林の左右から飛び出して、襲う気だな」

「このまま街道を行けば、槍で襲ってくるぞ」

「どうする」

「逆におれたちが、浅田たちを襲うのだ」

泉十郎が語気を強くして言った。

「林の両側に踏み込むのか」

「片側だけ襲おう。敵は二手に分かれているから、五人とみていい。それに、林のなかなら槍は使えない」

泉十郎が言った。立ち木が邪魔になって、長柄の槍は使いにくいはずである。

「片側を襲っても、反対側にいる者たちが踏み込んでくるのではないか」

千野たち三人の顔には、不安そうな色があった。

「奇襲し、ひとりでも斃してから、すぐに林のなかを逃げるつもりだ。長柄の槍を持っている者がいるので、追うにも手間取るはずだ」

林のような狭い場所では、槍はかえって邪魔になる、と泉十郎はみていた。

「よし、やろう」

千野が言うと、大草と原島もうなずいた。

泉十郎たち五人は、すこし間をとって歩いた。雑木林のなかにいる敵に、近付くまで泉十郎たちと気付かせないためである。

泉十郎は右手の雑木林のなかに踏み込むことにした。右手の林の方が街道沿いに長くつづいているので、浅田たちが追ってきても逃げられるとみたのである。

櫟(くぬぎ)、栗(くり)、山紅葉(やまもみじ)などの雑木の林が街道沿いにつづき、篠藪などが生い茂っている地もあった。

泉十郎は雑木林の端まで来ると、左右の林に目をやったが、人影はまったく見えなかった。浅田たちは、林の先の方に身を潜めているのだろう。

「踏み込むぞ」

泉十郎と植女が先にたった。

ガサガサと、音がした。雑木林のなかは落ち葉が積もり、丈の低い笹や灌木(かんぼく)なども生えているので、どうしても音がする。ただ、風があり、雑木の枝葉が揺れているので、近付くまで足音とは思わないだろう。

「急ぐぞ」

泉十郎たちは足を速めた。

いっときすると、前方の林間に人影が見えた。樹陰に四、五人いる。竹槍を持っている者もいた。

「敵だ！」

泉十郎が声をかけ、植女とともに林間を疾走した。一気に近付いて、仕掛けるつもりだった。千野たち三人も走った。

ザザザッ、と林間に五人の足音と笹を分ける音がひびいた。五人は走りざま抜刀し、樹陰に身を潜めている男たちに急迫した。

「千野たちだ！」

武士体の男が叫んだ。

「こっちに来るぞ！」

林間にふたりが立ち、灌木の陰から三人の男が姿を見せた。武士は、戸坂、宗田、並木の三人だった。戸坂が槍を手にしている。人足ふうの男がふたりいた。ふたりとも、竹槍を手にしている。

「浅田どの、敵だ！　千野たちが、林のなかに！」

戸坂が引き攣ったような声で叫んだ。街道の向こう側の雑木林のなかに身を潜めている浅田たちを呼んだらしい。

「迎え撃て！」

戸坂が叫びざま、手にした槍を泉十郎たちにむけようとした。だが、雑木の幹が邪魔になってうまく槍の穂先がむけられない。

竹槍を手にした男も、同じだった。竹槍の尖った先を走り寄る泉十郎たちにむけようとしたが、思うようにならなかった。

宗田と並木は、抜刀して身構えた。

そこへ、泉十郎たちが走り寄った。泉十郎は、槍を手にした戸坂の脇から踏み込み、穂先を泉十郎にむけようとした隙をとらえて斬り込んだ。

ザクリ、と戸坂の右袖が裂けた。

戸坂は手にした槍を取り落として、後じさった。あらわになった右の二の腕が、血に染まっている。

「お、おのれ！」

叫びざま、戸坂が抜刀した。

そのとき、ギャッ！　という悲鳴が林間にひびいた。竹槍を持った男が、植女に斬られたのだ。人足ふうの男は血塗れになり、林間をよたよたと逃げていく。

林のあちこちで闘いが始まったが、林のなかに潜んでいた者たちはいずれも逃げ腰だった。不意をつかれた上に、頼みの槍や竹槍が使えないからだ。

泉十郎は、刀を低い八相に構えて戸坂に迫った。戸坂は青眼に構えて切っ先を泉十郎にむけたが、腰が引けていた。右腕が血に染まり、切っ先が小刻みに震えている。

泉十郎は、戸坂の前に立ちふさがった。刀を自在にふるえない林間での闘いは、敵に身を寄せて一気に斬り込むしかないことを泉十郎は知っていた。

泉十郎が斬撃の間合に踏み込むと、戸坂は後ずさって反転した。闘わずに、逃げようとしたのだ。

「逃がさぬ！」

泉十郎は素早い動きで戸坂に迫り、鋭い気合とともに斬り込んだ。

低い八相から袈裟へ——。

切っ先が、戸坂の肩から背にかけて斬り裂いた。

戸坂は呻き声を上げてよろめいた。戸坂の肩口から背にかけて着物が裂け、血が迸り出た。深い傷である。

……仕留めた！

とみた泉十郎は、植女や千野たちに目をやった。

植女の前にいた人足ふうの男が、絶叫を上げてよろめいた。千野に斬られたようだ。

そのときだった。街道の方から雑木林のなかに踏み込んでくる何人もの足音がひびいた。浅田たちである。

「引け！　これまでだ」

泉十郎が叫んだ。

このまま闘いをつづければ、味方から何人もの犠牲者が出る。あらたな敵が踏み込んできたとき、逃げる手筈になっていたのだ。

泉十郎たちは、抜き身を引っ提げたまま林間を疾走した。

浅田たちは、追ってこなかった。林間に立ったまま、逃げる泉十郎たちの背に目をやっている。

7

その日、泉十郎たちは古河宿から野木宿、さらに間々田宿まで足を延ばした。もっとも、古河から野木までわずか二十五町しかなく、古河から間々田まで二里半ほどなので、それほどの距離を歩いたわけではない。

泉十郎たちは、間々田宿の旅籠、富島屋に草鞋を脱いだ。その夜、久し振りで夕餉のおりに酒を飲んだ。今後のことを相談するだけでなく、浅田たちと闘った後の疲れを癒すためもあったのだ。

泉十郎たち五人は、酒を注ぎ合っていっとき飲んだ後、今後のことを話し合うことにした。

「戸坂を討ち取ったので、残るは四人だな」

泉十郎がそう切り出し、浅田、長谷川、宗田、並木の四人の名を口にした。

「これで、浅田たちは、おれたちを討つのをあきらめたのではないかな」

千野が猪口を手にしたまま言った。

「今度は、おれたちが浅田たちを狙う番だ」

そもそも、千野たちが国元へむかう目的は浅田たちを討つことにあったのだ。

「戸坂を討った上に、おれたちは浅田たちの先に出た。今度は、おれたちが浅田たちを待ち伏せできる」

千野が大草と原島に目をやった。

「やるなら、宇都宮を越えて、奥州街道に入ってからだ」

　間々田から宇都宮まで、およそ九里である。男の足なら一日の旅程である。それに、浅田たちは用心して、泉十郎たちに近付こうとしないだろう。

「宇都宮から先は、長い。浅田たちを討つ機会は、あるはずだ」

　千野が言うと、大草と原島がうなずいた。

「そうだな」

　泉十郎も、浅田たちを討つ機会はあるとみた。

　泉十郎たちは、その晩、久し振りで酒を飲み、ゆっくりと休んだ。翌朝、明け六ツ（午前六時）を過ぎてから、富島屋を出た。いつもより遅い出立だった。街道には、旅人、駕籠、駄馬を引く馬子などが行き交っていた。

　晴天だった。泉十郎たちは、浅田たちのことを気にしながらも旅の楽しさを味わって歩いた。

　その日、宇都宮宿に入ると、百田屋という旅籠に草鞋を脱いだ。千野によると、参勤のおりに泊まったことのある宿だという。

　泉十郎と植女は湯を使った後、千野たちといっしょに夕餉をすませてから自分たちの部屋にもどった。

「おゆらの姿を見掛けないな」

植女が言った。

「先にいったとは、思えんが」

泉十郎は、おゆらに浅田たちのことを訊いてみようと思った。おゆらは、浅田たちの動きを探っているはずである。

翌朝、泉十郎と植女は千野たちといっしょに百田屋を出たが、宿場のはずれまで来ると、

「千野どのたちは、先に喜連川(きつれがわ)まで行ってくれ。おれと植女とでこの辺りにとどまり、後続の浅田たちの動きを探ってみる」

そう言って、その場に残った。

泉十郎と千野たちの間で、次に宿をとるのは奥州街道の喜連川と決めてあったのだ。

泉十郎と植女は、宇都宮宿を出てすぐの街道脇でおゆらが姿をあらわすのを待った。街道からすこし入ったところに、枯れて倒れた松の幹(みき)が横たわっていたので腰を下ろし、宿場から出る旅人たちに目をやっていた。

ふたりがその場に腰を下ろし、一刻(二時間)ほど経ったろうか。

「おゆらだ」

植女が宿場の方を指差して言った。

見ると、巡礼姿のおゆらがこちらにむかって足早に歩いてくる。泉十郎と植女はすぐに立ち上がり、おゆらに近付いた。

「歩きながら、話してくれ」

泉十郎が小声で言った。

おゆらは無言でうなずいた後、

「それが、浅田たちを見失ってしまってね」

おゆらの声に、無念そうなひびきがあった。

「おゆらにしては、めずらしいな」

泉十郎が言った。相手が忍びの心得がある者ならともかく、おゆらが四人もの武士の集団を見失うとは思えなかったのだ。

「浅田たちは、間々田宿の手前の野木宿に草鞋を脱いだんです」

おゆらが言った。

「野木宿にな」

浅田たちは、泉十郎たちと顔を合わせないように、襲われた場所に近い野木宿に草鞋を脱いだようだ。

「翌朝、草鞋を脱いだはずの旅籠から、浅田たちがいつまで経っても姿をみせないので、おかしいと思ってね、旅籠の飯盛り女に訊いてみたんですよ」

その飯盛り女によると、四人の武士は旅籠のあるじに金を渡し、町人ふうの衣装を用意させたという。そして、今朝早く、町人になりすまして旅籠を発ったそうだ。

「まんまと、逃げられたわけ」

おゆらが悔しそうな顔をして言った。

「すると、浅田たちは町人の格好で奥州街道にむかったのだな」

「そうみていいね」

「面倒だな」

泉十郎は、腕を組んだ。分かっているのは、四人連れの町人ということだけである。笠をかぶって顔を隠し、四人が別々に歩いていたら見分けられないだろう。

「どうする」

植女が訊いた。

「ともかく、千野どのたちに知らせよう」

泉十郎は、浅田たちを旅の途中で討つのはむずかしくなったと思った。

「あたしは、どうしようか」

おゆらが訊いた。

「おゆらは、しばらくおれたちの近くを歩き、浅田たちらしい四人連れを目にしたら知らせてくれ」

「旦那たちは、奥州街道を白河の先まで行くんだね」

「そうなるな」

泉十郎は、滝田藩の領内まで行くことになるのではないかと思った。

8

泉十郎と植女が喜連川宿に入ると、茶店にいた大草が声をかけた。泉十郎たちが来るのを待っていたらしい。

「千野どのと原島どのは、益川屋（ますかわや）という旅籠で、向井どのたちを待っています」

と、大草が言った。まだ、旅籠に入るのはすこし早いが、泉十郎たちを待つために旅籠をとったという。

大草は益川屋に泉十郎たちを連れていった。それほど大きな旅籠ではなかったが、宿場はずれにあり、落ち着いた感じがした。

泉十郎と植女は、濯ぎで足を洗ってから女中の案内で二階に上がった。二階の隅の座敷に、千野と原島の姿があった。ふたりとも湯に入った様子はなく、小袖に角帯姿だった。

千野は泉十郎たちを案内した女中に茶を運ぶよう指示した後、

「待っていたぞ。そこに、腰を下ろしてくれ」

と言って、並べてある座布団を指差した。

「おれと植女とで、街道筋を見張ったのだがな。浅田たちはまったく姿を見せないのだ」

泉十郎が言った。

「野木宿あたりに、とどまっているのかな」

千野が首をひねった。

「いや、そんなことはない。おれたちの手から逃れるために遅れてくるにしろ、宇都宮までは来ているはずだ」

「脇道を通ったのかな」

「脇道にしろ、宇都宮宿には入るはずだ」

「まさか、江戸にもどったのでは……」

千野が戸惑うような顔をした。

「おれたちが、見逃したのかもしれん」

「見逃したとみているのか」

千野が、泉十郎に目をやって訊いた。

「おれと植女は、四人連れの武士に目を配っていた。四人が間をとって歩いたとしても、近くにいるとみていた。だが、それらしい武士は、まったく目にしなかったのだ。……浅田たち四人は、身装(みなり)を替えたのではないかな」

「身装を替えたと！」

千野の声が大きくなった。

大草と原島も、驚いたような顔をして泉十郎に目をむけている。

「身を変えたとすれば、町人だな。身装を町人ふうにし、菅笠(すげがさ)でもかぶって顔を隠せば、目の前を通っても浅田たちとは思わないからな」

泉十郎は、おゆらのことを持ち出せなかったので、そう話したのである。

「すると、浅田たちは町人ふうの格好をして、国元にむかったのか」

千野が念を押すように訊いた。

「そうみていいかもしれん。……いずれにしろ、浅田たちが江戸にもどったとは考えられない。浅田たちの行き先は、国元しかないはずだ」

「うむ……」

千野の顔が厳しくなった。

「ともかく、おれたちは国元への旅をつづけ、武士にこだわらずに街道に目を配り、浅田たちを捜し出して討つしかないな」

「そうだな」

千野がうなずいた。

「明日の宿は、どこにとる」

泉十郎が訊いた。

「芦野(あしの)辺りとみている」

千野によると、喜連川から芦野宿まで十里ほどだという。男だけの旅なので、無理のない旅程である。

「もうすこし近い宿場がいいな」

泉十郎は、昼ごろまで街道沿いで浅田たちを見張るつもりだったので、芦野まで足を延ばすのはむずかしいと思った。

「越堀(こしぼり)はどうだ」

千野が言った。ここから越堀までは八里ほどだという。

「越堀にしよう」

泉十郎と植女は、忍びの修行を積んでいるので健脚だった。八里なら、それほどの距離ではない。

それから、泉十郎たちは街道筋で見張る手筈(てはず)を相談した。泉十郎と植女が喜連川宿を出たところで街道を見張り、千野、大草、原島の三人は途中の宿場ごとにすこしの間とどまって旅人に目を配ることにした。

「頃合(ころあい)を見計らって見張りを切り上げ、暮れ六ツ（午後六時）ごろには、越堀宿に入ってくれ」

千野が四人に目をやって言った。

翌朝、泉十郎たちは暗いうちに喜連川宿を出た。宿場を出てすぐの街道筋に、泉十郎と植女が残り、千野たち三人は、次の佐久山宿(さくやまじゅく)にむかった。

泉十郎と植女は、街道沿いにあった古刹(こさつ)の山門の脇に腰を下ろし、街道に目をやっていた。

まだ暗かったが、喜連川宿を早出した旅人や駕籠などが、次の宿場の佐久山宿にむかっていく。

時とともに東の空が曙色(あけぼのいろ)に染まり、街道筋が明らんできた。

「おい、おゆらだぞ」

泉十郎が街道を指差して言った。

巡礼姿のおゆらが、足早に歩いてくる。佐久山にむかうようだ。

「おれが、呼んでくる」

植女が、山門の脇から走りでた。

泉十郎は植女とおゆらがそばに来ると、

「どうだ、浅田たちの姿を見かけたか」

と、すぐに訊いた。

「それが、見かけなかったんですよ」

おゆらによると、四人で歩いている旅人に目を配っていたが、町人も武士も浅田たちと思われる者たちは目にとまらなかったという。

「浅田たちは、陸奥にある滝田藩に行くはずだがな」

滝田藩の領内に行くには、奥州街道の最北端である白河宿から、さらに各藩の手で整備された街道を北にむかうという。そして、須賀川(すかがわ)宿を過ぎてから脇街道に入り、西にしばらく歩くと、山間に領地がひろがっている、と泉十郎は千野から聞いていた。

「いずれにしろ、おれたちは浅田たちを捜しながら、滝田藩へむかうしかないな」

泉十郎が言った。

「あたしも、滝田藩まで行くことになりそうだね」

「何かあったら知らせてくれ」

泉十郎と植女は、先に歩きだした。

おゆらは、泉十郎たちから離れて歩いてくる。

その日暮れ六ツを過ぎてから越堀宿で千野たちと会った。千野たちも、浅田たちの姿は見掛けなかったという。

泉十郎たちは越堀宿の旅籠に部屋をとって明日のことを相談し、白河宿まで浅田たちを捜しながら行くことにした。

第四章　滝田藩

1

泉十郎たちは、奥州街道の最北の宿場、奥州への玄関口ともいわれる白河宿から各藩の手で整備された街道を北にむかった。そして、須賀川宿を出てしばらく歩いたとき、千野が足をとめ、

「そこの脇街道を西にむかうのだ」

と言って、指差した。脇街道が田畑のなかにつづいている。滝田藩の領内に通じているらしい。

泉十郎たちは、千野につづいて脇街道に入った。街道沿いには民家が点在し、街道を行き来する人影もあった。旅人の姿も見られたが、多くは土地の住人らしかった。細い街道だった。民家がとぎれた先は、雑木林になっている。

脇街道を小半刻（三十分）ほど歩くと、雑木林のなかに入った。田畑も途絶え、行き交うひともすくなくなった。街道は静寂につつまれ、聞こえてくるのは泉十郎たちの足音と山鳥の鳴き声だけである。

「この先は、山道になる」

先頭を歩く千野が言った。

いっとき歩くと、街道は坂道になり、杉や樅などの針葉樹の森のなかに入った。辺りが薄暗くなり、肌を撫でる風がひんやりとしていた。

「浅田たちは、どうしたかな」

泉十郎が街道に目をやりながら言った。

泉十郎たちは中田宿の先で浅田たちと戦ってから、一度もそれらしい姿を目にしていなかった。

「まだ、わが藩の領内に入るはずはないが」

千野が坂道を登りながら言った。

滝田藩にむかう脇街道では、山間に入ってからあまり旅人の姿を見かけなかった。目にするのは、土地の樵や猟師らしい男である。

「ところで、藩主の丹波守さまは、いま国元におられるのだな」

泉十郎が、街道を歩きながら訊いた。

滝田藩主は、稲村丹波守盛高だった。

「おられる」

千野が小声で言った。

「藩内の揉め事は、丹波守さまの耳にも入っているのかな」

「どうかな」

千野は無言のままいっとき歩いた後、

「殿は御高齢でもあり、藩の政を重臣たちに任せられることが多いようだ」

と、声をひそめて言った。

「そうか」

どうやら、藩内にこうした対立がある遠因には、藩主が政を家臣たちに任せっきりにしていることもあるらしい。

山間の道を一刻(二時間)も歩いたろうか。前方に、ふたりの武士が見えた。こちらに歩いてくる。

千野がかぶっていた網代笠をとり、武士に近付いて声をかけた。知り合いのようだ。滝田藩士かもしれない。

すぐに、千野はふたりの武士と別れ、路傍に立って待っていた泉十郎たちのそばに来た。ふたりの武士は泉十郎たちに頭を下げて、山道を下っていった。

「わが藩の先手組の者だ」

千野が泉十郎と植女に目をやって言った。

大草と原島も出会ったふたりのことを知っているらしく、顔を見合わせてうなずきあっている。

「ここ二、三日の間に、江戸から国元にもどった藩士がいるかどうか、ふたりに訊いてみたのだ」

「いるのか」

「いや、いないそうだ。やはり、浅田たちは国元にもどっていないとみていいようだ」

「おれたちより、後とみていいな」

「この街道筋で、浅田たちを待ち伏せる手もあるが、警戒して別の道を通るかもしれない」

千野によると、遠回りになるが、街道を通らずに山間の道をたどっても領内に行くことができるという。

「ここから滝田藩の領内まで、どれほどある」

泉十郎が訊いた。

「陽が沈むころには、領内に入れるはずだ」

「それなら、このまま行こう」

泉十郎は、ここまで来たら先に領内に入り、千野の上役の指示にしたがって動いた方がいいと思った。

泉十郎たちは、さらに山間の街道を歩き、辺りが暗くなってから滝田藩の領内に入った。滝田藩の城下は、山間のなかにひらけた平地にあった。

その晩、泉十郎と植女は、千野家に草鞋を脱いだ。一方、大草と原島は、それぞれの家に帰った。千野の家は粗末な造りの武家屋敷だが、藩の重臣たちの屋敷がある一画にあった。先手組の物頭の屋敷も近くにあるという。滝田藩の場合、先手組物頭は江戸と国元にそれぞれひとりいる。

千野家には、千野の妻女と七つの嫡男、それに老母がいた。千野家の者は、突然、千野が帰ってきたことに驚いたが、藩の急用で泉十郎と植女を同行したと知ると、泉十郎たちを歓待してくれた。

翌朝、泉十郎たちが朝餉をすました後、大草と原島が姿を見せた。今朝のうちに、泉十郎たちは国元の先手組物頭のところへ行くことになっていたのだ。

物頭は中峰義兵衛という名で、千野は国元にいるとき中峰の配下だったことがあるという。

泉十郎たちは千野家を出ると、中峰の屋敷にむかった。晴天だった。起伏のある山脈が、城下のある平野を取り囲んでいる。この辺りは高台になっているらしく、滝田藩の城や城下にひろがっている家屋敷がよく見えた。

「あれが、双子山だ」

千野が北方にある山を指差して言った。

ふたつの高い山が、裾でつながっていた。まさに、双子のような山である。

「双子山から流れ出す早瀬川が、領内の田畑を潤しているのだ」

千野が言った。

双子山と呼ばれる峻険な山裾から、田畑のひろがる平地を蛇行しながら流れている川面が、朝陽を浴びてかがやいていた。

泉十郎たちはいっとき武家屋敷のつづく城下を歩き、板塀でかこわれた屋敷の表門の前に出た。木戸門だった。門扉はあいている。

「中峰さまのお屋敷だ。いきなり五人で押しかけたら、中峰さまが驚かれるだろう。おれが先に入り、事情を話してくる」

千野はそう言い残し、ひとりで木戸門から入った。

玄関先で家人とやり取りする千野の声が聞こえたが、すぐに声がやみ、千野がもどってきた。

「中峰さまが、お会いするそうだ。いっしょに来てくれ」

千野はそう言って、泉十郎たち四人を木戸門からなかに入れた。

中峰の妻らしい女が、千野たち五人を中庭の見える座敷に案内してくれた。後で分かったのだが、妻女の名はみねという名だった。

中庭に植えられた柿がたわわに実り、朝陽に輝いていた。

2

泉十郎たちが座敷に座して待つと、障子があいて初老の男が姿を見せた。瘦身で華奢な体付きだったが、双眸には能吏らしい鋭いひかりが宿っていた。中峰義兵衛らしい。

中峰らしい男は床の間を背にして腰を下ろすと、

「千野、久し振りだな」

と、目を細めて言った。

「ご無沙汰しております。今日は、江戸より、中峰さまにお伝えすることがあってまいりました」

千野の顔には、緊張した表情があった。

千野は座敷に座している泉十郎と植女に顔をむけ、

「国元に同行してもらったふたりは、幕臣の向井泉十郎どのと植女京之助どのです。おふたりは、江戸の御家老が懇意にしておられる御側御用取次の相馬土佐守さまのご家臣で、此度の件に関し、ご助勢いただくことになったのです」

千野が、もっともらしく泉十郎と植女を紹介した。

「御側御用取次の土佐守さまのご家臣か」

中峰は驚いたような顔をした。御側御用取次といえば、幕閣のなかでも将軍に近侍する重職である。先手組物頭の中峰にとって、幕府の御側御用取次は雲上人のような存在であろう。

「向井泉十郎にございます。土佐守さまのお指図により、此度の件が滝田藩の騒動にならぬよう、千野どのたちにご助勢つかまつる所存でござる」

泉十郎が慇懃な物言いをすると、

「ご、ご助勢、かたじけない」

と言って、中峰が声をつまらせて言った。

植女は黙したまま、泉十郎と中峰に目をやっている。

「江戸でご家老のご嫡男の俊之助どのと使番の森田どのが何者かに襲われたことは、中峰さまもご存じのことと思います」

千野はそう切り出し、浅田、増林、戸坂の三人が、俊之助たちを襲って斬殺したことを話した。

「それは、まことなのか」

中峰が念を押すように訊いた。

「まちがいありません。すでに、捕らえた増林が、浅田たち三人で襲って殺したことを自白しております」

千野が、増林を捕らえて聞き出したことを話した。旅の途中で戸坂も討ち取ったことは口にしなかった。

「それに、飯塚が今わの際に口にしたことによれば、浅田たち三人は、年寄の西川さまに命じられて、俊之助どのを襲ったようです」

「まことか！」

驚愕（きょうがく）した中峰の声がうわずった。

「まちがいありません。われらも、飯塚が死に際に口にしたことを聞いております」

泉十郎が言い添えた。

「うむ……」

中峰の顔がけわしくなった。

次に口をひらく者がなく、座敷は重苦しい沈黙につつまれたが、

「なにゆえ、西川どのは、浅田に俊之助どのを殺すよう命じたのだ」

と、中峰が千野や泉十郎たちに目をやって訊いた。

「われらは、国元におられる御城代の森重さまの御息女ゆりさまと俊之助どのの婚礼を阻止するために襲ったとみております」

「そういえば、御城代の森重さまの御息女が、近々婿をもらうとの噂を耳にしたが、そのお相手は、俊之助どのだったのか」

「そうです」

「なぜ、西川どのは、ゆりさまの御婚礼を阻止しようとしたのだ」

中峰が首をひねった。

「森重さまはご高齢のため、御息女が婿をむかえられた後、隠居されて御城代から身をひかれると聞いております」

「わしも、そのような噂を耳にしているが……」

「森重さまの後、御城代を継がれるのは、江戸家老の矢島さまか、それとも年寄の西川ではないかと噂されています」

千野が、西川を呼び捨てにした。

「そうか！」

中峰が声を上げ、さらに身を乗り出して言った。

「俊之助どのが、息女のゆりさまに婿入りすれば、当然、御城代は矢島さまをご推挙されるな」

「われらも、そうみています」

「それにしても、西川は姑息な手を使ったな」

中峰も、西川を呼び捨てにした。顔に憎悪の色がある。

「それだけではありません。実は、俊之助さまを襲った浅田は、四人の江戸詰の藩士とともに国元にむかったのです」

千野が、浅田とともに国元にむかった戸坂、長谷川、宗田、並木の四人の名を口にした。

「そやつらは、なにゆえ国元にむかったのだ」

中峰が訊いた。

「おそらく浅田たちは国元に来て、俊之助どのは江戸で剣術の立ち合いで敗れたと偽りの報告をするつもりなのです。それを危惧したわれらも、すぐに江戸を発ち、浅田たちを追いました」

千野が、旅の途中、浅田たちと戦い、国元にむかった浅田たち五人のうち戸坂を討ち取ったことを話した。

「残った浅田たち四人は、こちらにむかっているのだな」

中峰が念を押すように訊いた。

「はい、われらより遅く、国元に入るとみております」

「浅田たちがこちらに来る目的は、俊之助どのの死について偽りの報告をするためか」

中峰がさらに訊いた。

「そうみています」

千野はすこし間を置いてから、

「中峰さま、浅田たちは国元に入った後、どこかに身を隠すはずです。どこか、心当たりはございますか」

と、訊いた。

「浅田たちが身を隠すとすれば、城代組の松坂どののところではないかな。浅田たちは、松坂どのを通して藩の重臣たちと接触し、俊之助どのは剣術の立ち合いで敗れたと訴えるかもしれん」

中峰によると、松坂佐之助は城代組の番頭だが、堂源流一門であり、江戸にいる年寄の西川政右衛門と昵懇にしているという。

滝田藩の城代組は国元の城の守備にあたる任を帯びていた。江戸に城代組の者はいないそうだ。

「城代組ですか」

千野がうなずいた。顔がけわしくなっている。

「これから、千野たちはどうするな」

中峰が、その場に座している千野と泉十郎たちに目をやって訊いた。

「浅田たちの居所をつきとめて、討つつもりでおります」

千野が言った。

「よし、わしの配下の者にも手伝わせよう。領内の様子を探るには、国元にいる者の方が目が利くだろう」

中峰が、先手組小頭の添島益次郎と栃原安之助の名を口にした。

3

泉十郎たちが中峰家を訪ねた翌日、千野の屋敷に七人の武士が集まった。千野、泉十郎、植女、大草、原島の五人に、添島と栃原がくわわったのである。

千野が添島と栃原に、あらためてこれまでの経緯を話した後、

「浅田たち四人は、国元に入ったとみていい」

と、言い添えた。

「まず、国元にある四人の家にあたってみよう」

添島が言った。三十代半ばと思われる大柄な男である。

「四人の家は分かるか」

「配下の者に訊けば、すぐに分かるはずだ」

添島が、浅田たちが家にもどったかどうかすぐに調べさせる、と話すと、

「おれの配下の者も使ってくれ」

と、栃原が言った。栃原は四十がらみであろうか。痩身だが、武芸の修行で鍛えたらしく、腰が据わっていた。

「ふたりに頼む。おれたちは、松坂どのの屋敷をあたってみる」

千野が、大草と原島に目をやって言った。

「千野どの、おれと植女も同行しよう。……松坂の屋敷を見ておきたい」

泉十郎が言うと、植女もうなずいた。

「すぐに、動こう」

添島が腰を上げた。

その場に集まった七人は、夕方には千野家に集まることにし、それぞれの探索の場にむかった。

千野は泉十郎たちとともに家から出ると、

「こっちだ」

と言って先にたち、東方に足をむけた。そこは、城下を見下ろす高台になっているという。城から遠くないこともあって、松坂の屋敷をはじめ何人かの藩の重臣の屋敷があるそうだ。

千野は松坂の屋敷にむかいながら、

「松坂家の者に知れないように探りたい」

と、泉十郎と植女にも聞こえる声で言った。

「そうしてくれ。屋敷を見た後、おれたちは勝手に付近を歩いて探ってみる」

泉十郎は、松坂家のことは千野にまかせようと思った。

通り沿いに藩の重臣たちの屋敷が並ぶ道まで来ると、千野が路傍に足をとめ、

「そこの築地塀で囲われた屋敷だ」

と言って、斜むかいにある屋敷を指差した。

藩の重臣の住む屋敷らしく、片開きの引戸門があり、築地塀で囲われていた。庭には、松や梅、紅葉などが植えられている。

「屋敷に入って訊くことはできないので、奉公人か近所の者に訊いてみる」

千野が、この辺りに身を潜めて、話の聞けそうな者が通りかかるのを待つ、と言い添えた。

「おれと植女は、松坂家の評判でも訊いてみよう」

泉十郎がそう言って、千野たちから離れ、植女とふたりで来た道をさらに先まで行ってみた。

武家屋敷のつづく通りはすぐに途絶え、なだらかな下り坂になっていた。坂の下は平地で田畑がひろがっている。

「もどるか。田圃の畦道を歩いても仕方がない」

そう言って、泉十郎が踵を返したとき、

「向井、あれは、おゆらではないか」

植女が前方に目をやったまま言った。

見ると、頭に汚れた手拭いをかぶり、野良着姿で籠を背負った百姓女がこちらに歩いてくる。

「おゆらだな」

泉十郎も、その顔付きと体軀からおゆらと分かった。どうやら、百姓女に身を変えて領内で探っていたようだ。

「旦那たちの顔を見るの、久し振りだねえ」

おゆらが、泉十郎たちに身を寄せて言った。

「領内に入ってから、その格好に変えたのか」

泉十郎が訊いた。

「巡礼姿はかえって目立つんですよ。植女の旦那には、見せたくない色気のない格好だけどね」

そう言って、おゆらは植女に身を寄せた。

植女は苦笑いを浮かべただけで、何も言わなかった。

「それで、何か知れたのか」

「浅田たちは、城代組の松坂家の屋敷に入ったらしいよ」

おゆらは、松坂家の近くを通りかかった何人かの藩士の跡を尾けたり、擦れ違ったりして、話を盗み聞きしたという。

「浅田たちは、松坂家にいるのだな」

泉十郎が念を押すように訊いた。

「いるはずですよ」

おゆらはそう言った後、「旦那たちは、どうしてここに」と訊いた。

「いま、千野どのたちが、松坂家を探っているのだ。おれと植女は近所で聞き込んでみるつもりで、ここに来たのだ」

「旦那たちは、千野家の屋敷にいるのかい」

「そうだ。何かあったら、知らせてくれ」

「分かったよ」

おゆらは、ふたたび植女に身を寄せ、

「植女の旦那、夜中に忍び込むかもしれないよ」

とささやいて、その場を離れた。

泉十郎と植女はおゆらと別れた後、通りかかった重臣の屋敷の奉公人や野良仕事にきた百姓などに、松坂家の評判を訊いてみた。

評判はあまりよくなかった。松坂は軽格の藩士から城代組の番頭まで成り上がったが、そうなる前に上役にすり寄ったり、仲間を中傷したり、出世するためには何でもやったらしい。

松坂家の近くの屋敷に奉公する男が、

「いまでも、出世のためなら何でもやりますよ」

そう言って、露骨(ろこつ)に嫌悪(けんお)の表情を浮かべた。

泉十郎と植女は、千野たちと分かれた場所にもどった。

千野は泉十郎たちと顔を合わせると、

「ひとまず、屋敷にもどろう」

そう言い、聞き込んだことは千野家にもどってから話すことにした。

4

その日、千野家では泉十郎たちのために酒を出してくれた。

座敷に集まった七人は、酒で喉を潤してから、話し始めた。

「まず、おれたちから話す」

と、千野が切り出した。

「浅田たちは、松坂家の屋敷内にいるようだ」

千野が、屋敷に仕える下男から聞き込んだことを話した。

「浅田の他に、江戸から同行した三人もいるのか」

泉十郎が、念を押すように訊いた。おゆらから、浅田たちが松坂家にいることは耳にしたが、四人いるかどうかはっきりしなかったのだ。

「四人とも、いるらしい」

千野たちが話を聞いた下男は、四人いると口にしたという。

「浅田たち四人は、松坂の屋敷に身を潜めたのか」

泉十郎がつぶやいた。

千野につづいて大草が、

「浅田、長谷川、宗田、並木の四人は、いったんそれぞれの家にもどったらしいが、すぐに家を出て松坂の許に集まったようだ」

と、言い添えた。

そこで話がとぎれたが、

「気になる噂を、耳にした」

と、大草が声をあらためて言った。

「噂とは」

千野が身を乗り出して訊いた。泉十郎たちの視線が、大草に集まっている。

「浅田たち四人の他に城代組の者が、七、八人、松坂家に集まっているようなのだ。いずれも、堂源流一門の者らしい」

「どういうことだ」

千野が訊いた。

「浅田たちを匿っていることがおれたちに知れ、屋敷を襲撃されるとみて、堂源流一門の者たちを集めたのではないかな」

大草が言った。

「ちがうな」

すぐに、泉十郎が言った。

その場にいた男たちの視線が、泉十郎に集まった。

「それだけの人数を集めたら、浅田たちを屋敷内に匿っていると知らせるようなものだ。……おれは、逆だとみる」

「逆とは」

千野が身を乗り出して訊いた。

「松坂家の屋敷に集まっている堂源流一門の者たちは、ここにいるおれたちを襲うつもりではないか」

「おれたちを襲うだと！」

千野が声を上げた。その場にいた大草たちも、驚いたような顔をして泉十郎を見た。

「江戸で、俊之助どのと森田どのを襲って殺したのと同じ手だ。堂源流一門と江戸から来た他流の者たちの闘いにみせて、おれたちを始末するつもりではないかな。……おそらく、浅田たちも、この屋敷におれたちがいることを嗅ぎ付けたのだ」

「そうかもしれぬ」

千野の顔が強張った。大草たちも息を呑んで、泉十郎をみつめている。

「ここにいるのは七人、松坂家に集まっているのは十二、三人らしい。襲われたら、勝ち目はないぞ」

泉十郎は七人と言ったが、夜になれば、千野、泉十郎、植女の三人になるときもあるだろう。それに、千野の家族が巻き添えを食うかもしれない。

いっとき、座敷は重苦しい沈黙につつまれていたが、

「この屋敷を出るしか手はないいな」

泉十郎が言った。

「おれも、ここを出るのか」

千野が訊いた。

「そうだ。……どこか、寝泊まりできるような寺やお堂のようなところはないかな。そこに身を隠し、浅田たちに襲われる前に、何とかして松坂家に身を隠している浅田たちを討つのだ」

「光林寺(こうりんじ)はどうだ」

千野によると、光林寺は双子山の裾にひろがる雑木林のなかにあり、千野家の菩提寺(ぼだいじ)で、覚源(かくげん)という和尚(おしょう)とは長年の付き合いがあるという。

「その寺に、世話になろう」

泉十郎は、光林寺に身を隠せば、しばらくの間松坂家に集まっている堂源流一門の襲撃をまぬがれられるとみた。その間に、何とかして浅田たちを討つのである。

江戸から来た泉十郎、植女、大草、原島、千野の五人が、光林寺に身を隠すことになった。添島と栃原は、松坂家に身を隠している堂源流一門の者たちの動きをみて、泉十郎たちといっしょに光林寺に身を隠すことになるかもしれない。

泉十郎たちは、すぐに動いた。翌朝、まだ暗いうちに、千野家を出て光林寺にむかった。

光林寺は、泉十郎たちが想像していたより、大きな寺だった。庫裏(くり)には、住職の住む部屋の他にひろい座敷があり、泉十郎たちはそこで寝泊まりすることになった。

庫裏の座敷に腰を落ち着けると、

「ここにいることを堂源流一門の者たちに気付かれる前に、浅田たちを討たねばな」

泉十郎が言った。

「どう動く」

千野が訊いた。大草たちの目も、泉十郎にむけられている。

「手はふたつある。ひとつは、浅田たちが身を隠している松坂の屋敷を見張り、屋敷から出たところを襲うのだ」

「それだと、いつになるか分からないぞ。それに、潜んでいるところを気付かれて返り討ちにあう恐れがある」

「千野どのの言うとおりだ」

大草が言った。

「もうひとつの手は」

「逆におれたちが松坂の屋敷を襲撃し、浅田たちを討つのだ」

「松坂の屋敷に忍び込むのか」

「そうなるな」

「だが、松坂の屋敷に忍び込んで浅田たちを討てるのか。下手をすると、返り討ちにあうぞ」

千野の顔に懸念の色があった。大草と原島も、戸惑うような顔をしている。千野と同じことを思ったのだろう。

「千野どのの言うとおりだ。われら五人に、添島どのと栃原どのがくわわったとしても、まともにやりあったら松坂の屋敷内にいる堂源流の者たちに太刀打ちできないだろう。だが手はある」

「手とは」

「寝込みを襲うのだ。屋敷の者が寝静まった深夜、屋敷内に忍び込み、眠っている浅田たちを襲えば、多くの者を討ち取れる」

泉十郎と植女は忍びだった。こうした襲撃には、慣れている。それに、泉十郎はおゆらの手も借りるつもりだった。

千野たちは、まだ不安そうな顔をしていた。

「おれと植女は、寝静まった屋敷に潜入して敵を襲った経験がある。おれたちふたりが、屋敷に入れるように手を打つ」

泉十郎が静かだが強いひびきのある声で言うと、

「向井どののたちに任せよう」

千野が大草と原島に目をやって言った。

5

「この辺りの塀を越えるといいよ」

おゆらが言った。

泉十郎と植女は、おゆらとともに松坂家の屋敷の築地塀のそばにいた。おゆらは忍び装束だったが、泉十郎と植女は闇に溶ける柿色の小袖とたっつけ袴だった。千野たちに忍びと気付かせないためである。

泉十郎が光林寺の庫裏で、千野たちと話した二日後だった。昨日、泉十郎と植女は、おゆらと会い、松坂家に侵入して、身を潜めている浅田たちを討つつもりだと話し、おゆらの手も貸してくれと頼んだ。

この日深夜になってから、泉十郎と植女はおゆらとともに、松坂家の屋敷を囲った塀を前にして立っていた。

「これから、千野どののたちといっしょに松坂家の屋敷に侵入するつもりだ」

泉十郎が声を潜めて言った。

「あたしも、屋敷に忍び込むよ。あたしも土佐守さまに、旦那たちといっしょに滝田藩の騒動を始末するように言われて来てるんだからね」

おゆらが、平然として言った。

「おゆら、おれたちとは別の場所から松坂家に潜入してくれ。千野どのたちに、知れないようにな」

泉十郎は、自分たちが幕府の御庭番であることは隠しておきたかったのだ。忍びの術を遣う女のおゆらがいっしょに行動すれば、千野たちは泉十郎たちも御庭番だと気付くはずである。

「分かってますよ」

おゆらが小声で言った。

「この塀なら、千野どのたちでも越えられるな」

植女が言った。

千野たちは、半町ほど離れた物陰に身を隠していた。泉十郎と植女が、松坂家の屋敷に侵入できるように手を打ってから、呼んでくることになっていたのだ。

築地塀の向こうに、松と椿が植えられていた。こんもりと枝葉を茂らせている。屋敷は、その庭木のむこうにあった。まだ、かすかに灯の色があったが、物音も人声も聞こえなかった。灯の色は廊下に置かれている掛け行灯かもしれない。

「この辺りは、屋敷の裏手だよ」

おゆらが言った。

「屋敷内に入るなら、背戸をはずせばいい」

おゆらは、板戸で心張り棒がかってあるだけだと言い添えた。

「おゆら、千野どのたちを呼んでくる」

泉十郎が言った。

「あたしは、先に屋敷に入るからね」

おゆらは、腰に帯びた刀を鞘ごと抜いて築地塀にかけた。四角の鍔をつけた忍刀である。おゆらは刀の下げ緒の端を手にすると、爪先を鍔にかけた。次の瞬間、おゆらの体は空に飛び、築地塀の細い屋根瓦の上に立った。そして、手にした下げ緒を引き上げて腰に帯びると、

「なかで、待ってるからね」

と言い残し、築地塀の向こう側に飛び下りた。ふわりと黒い人影が夜陰に飛び、塀のむこうでかすかに着地音が聞こえただけである。

「植女、ここにいてくれ。おれが、千野どののたちを連れてくる」

そう言い残し、泉十郎はその場を離れた。

いっときすると、泉十郎が、千野、大草、原島、添島、栃原の五人を連れてきた。千野たちも闇に溶ける茶や紺などの小袖にたっつけ袴姿だった。泉十郎たち七人の双眸が、夜陰のなかで夜禽のように青白くひかっている。

「この辺りの塀を越す」

泉十郎は、見ていてくれ、と小声で言い、築地塀のそばに屈んだ。

すると、植女が泉十郎の肩に足を乗せて立った。両手を築地塀に当てて体を支えている。泉十郎がすこしずつ腰を浮かせて立ち上がると、植女の体は空に浮いた。そして、築地塀の屋根の近くまで来ると、屋根に飛び乗った。植女も、ほとんど音をたてなかった。

「次は、千野どのだ。塀の上で、植女が体を支えるから安心しろ」

泉十郎が声をかけた。

千野は泉十郎の肩に足を乗せるのを躊躇したが、

「乗れ」

と、泉十郎が声をかけた。

千野が泉十郎の肩に足を乗せて立ち上がると、植女のときと同じように泉十郎はすこしずつ腰を上げて、立ち上がった。

千野は植女に支えられて築地塀の屋根に飛び移った。そして、残る大草たち四人が屋根に移ると、泉十郎は刀の下げ緒をつかみ、鍔に足をかけて立ち上がった。そして、塀の上にいる植女の手を借りて屋根に移った。

「飛び下りるぞ」

泉十郎が声を殺して言い、先に塀の内側に飛び下りた。着地音がしたが、それほど大きな音ではなかった。それに、屋敷から離れている場所を選んだので、気付かれることはないだろう。

泉十郎たちは足音を忍ばせ、松、椿、欅（けやき）などの庭木の陰の濃い闇をたどるようにして、屋敷の表にむかった。

屋敷の表側にまわると、門扉（もんぴ）をとじた表門があった。脇にくぐりがある。

「いざとなったら、そこのくぐりから逃げよう」

泉十郎が、小声で言った。

泉十郎たちは、足音を忍ばせて屋敷に近付いた。途中、泉十郎はおゆらの潜んでいそうな暗がりに目をやったが、ひとのいる気配はなかった。

「おい、明かりがあるぞ」

植女が言った。

見ると、屋敷に灯の色があった。庭に面した座敷の障子が明らんでいる。燭台でも点していのようだ。

その座敷に面して庭があった。築山とちいさな池が、座敷の明かりにぼんやりと識別できた。かすかに人声が聞こえた。男の声であることは分かったが、何を話しているかは聞き取れなかった。

「近付いてみよう」

泉十郎たちは、忍び足で明かりの点っている座敷に近付いた。庭に面して濡れ縁があった。

泉十郎たちは、濡れ縁に身を寄せた。

6

……いる！

泉十郎は、座敷に六、七人はいるとみた。その言葉遣いから、いずれも武士であることが知れた。

酒を飲んでいるらしく、男たちの声に混じって瀬戸物の触れ合うような音や猪口の酒を飲み干すような音が聞こえた。

男たちの会話のなかで、「宗田どの」と呼ぶ声が聞こえた。また、「並木どの」と別の声がした。

……宗田と並木は、ここにいる！

泉十郎がそうみて、脇にいる植女に目をやると、

「浅田がいるかどうか、分からないな」

と、声を殺して言った。

「踏み込むか」

泉十郎が植女に訊いた。

浅田はこの座敷にいないかもしれない。それに、松坂家には浅田たち四人に堂源流の藩士たちがくわわり、十二、三人いるはずだった。この座敷には、半分ほどしかいないようだ。

植女はすぐに答えなかった。植女も迷っているらしい。

そのとき、座敷の奥で障子のあくような音がし、足音が聞こえた。何人か、座敷に入ってきたのだ。

「まだ、寝ないのか」

と、男の声がした。

泉十郎にも聞き覚えのあるような声だったが、だれかは分からなかった。

「そろそろ寝るか」

座敷にいた男が応えた。

座敷で立ち上がる気配がした。集まっている男たちは、それぞれ自分の部屋にもどって休むつもりらしい。

「踏み込もう」

千野が身を乗り出して言った。

座敷に浅田がいなかったとしても、浅田と江戸からいっしょにきた三人のうちのだれかがいるとみたようだ。それに、他の者も泉十郎や千野たちを斬殺するために集まっている堂源流一門の者たちである。

「よし、やろう」

泉十郎は立ち上がった。

植女や大草たちも立ち上がり、いっせいに抜刀した。男たちの手にした刀が夜陰のなかで、青白くひかっている。

泉十郎、植女、千野が濡れ縁に踏み込んだ。すぐに、原島や添島たちも泉十郎たちにつづいた。

「外にだれかいるぞ」

座敷の中で、男の声がした。

「なにやつだ!」

座敷にいた別のひとりが叫んだ。「踏み込んでくるぞ!」「大勢だ!」などという声がひびき、座敷内は騒然となった。

泉十郎が濡れ縁に面した障子を開け放った。ひろい座敷だった。その座敷の隅に置かれた燭台の灯に、男たちの姿が浮かび上がっていた。いずれも武士だった。すでに抜刀し、抜き身を手にしている者もいる。

「千野がいるぞ!」

座敷にいるひとりが叫んだ。浅田とともに江戸から来た使方の並木だった。

「踏み込め!」

泉十郎が声を上げ、植女とともに抜き身を手にして座敷に踏み込んだ。

千野や大草たちがつづいた。

「多勢だ!」

座敷にいたひとりが叫び、刀を手にしたまま後じさった。顔が恐怖で引き攣っている。

大勢踏み込んできたとみて、恐れをなしたらしい。

だが、大柄な男が目をつり上げ、刀を低い八相に構えると、泉十郎にむかって踏み込んできた。

イヤアッ!

大柄な男は甲走った気合を発し、いきなり八相から袈裟へ斬り下ろした。

咄嗟に、泉十郎は手にした刀を振り上げて、大柄な男の斬撃を受けた。次の瞬間、泉十郎は右手に踏み込みざま刀身を横に払った。俊敏な動きである。

泉十郎の切っ先が、大柄な男の脇腹を横に斬り裂いた。

大柄な男は手にした刀を取り落とし、苦しげな呻き声を上げてよろめいた。傷口を押さえた右手の指の間から、血が赤い筋を引いて流れ落ちている。

このとき、座敷の隅で別の男の絶叫がひびいた。植女が居合で座敷にいたひとりを斬ったらしい。斬られた男は血を撒きながらよろめき、足がとまると腰から崩れるように倒れた。

これを見た座敷にいたひとりが、

「逃げろ!」

と、声を震わせて叫んだ。この男も、座敷に踏み込んできた千野たちに斬られたらしい。深手ではないようだが、肩から胸にかけて血に染まっている。

座敷にいたふたりの男が、座敷から濡れ縁に飛び出した。また、別のふたりは廊下に逃げた。

千野、原島、大草の三人は、濡れ縁に逃げたふたりの後を追った。泉十郎と植女、それに添島と栃原が廊下に出た。

廊下に飛び出した敵のふたりは、悲鳴を上げながら奥にむかって逃げていく。廊下を走る音が、屋敷内にひびいた。

すると、廊下に面した奥の座敷の障子があき、数人の男が廊下に出てきた。寝間着姿の者もいたが、何人かが抜き身を手にしている。

「敵だ！」

ひとりが叫んだ。

廊下に出てきたのは、六人だった。それに、逃げてきたふたりがくわわって八人になった。廊下に出た六人のなかにふたり、槍（やり）を手にしている者がいた。咄嗟に、部屋にあった槍をつかんで飛び出したようだ。

……まずい！

と、泉十郎は思った。

狭い廊下で槍を手にした相手とやり合うのは、避けねばならない。長柄の槍を手にした相手を前にし、切っ先のとどく間合に踏み込むのは至難(しなん)である。

「この場は、引け!」

泉十郎が、植女と添島たちに声をかけた。

7

このとき、千野、原島、大草の三人は、濡れ縁に飛び出した敵のふたりに切っ先をむけたが、ふたりは、すぐに濡れ縁から庭に飛び下りた。庭の暗がりに逃げ込もうとしたのだ。

「逃がさぬ!」

千野たち三人は、敵のふたりを取り囲んだ。ひとりは、並木だった。もうひとりは長身の男である。

ふたりの敵は、恐怖に顔を引き攣らせ、池を背にして立った。手にした刀が夜陰のなかで震えている。

そこへ、座敷にもどった泉十郎たちが濡れ縁から庭に出てきた。

逃げてきたふたりの敵のうちのひとり、長身の男が泉十郎たちの姿を目にすると、甲走った気合を発し、前に立った千野にむかっていきなり斬り込んできた。

八相から袈裟へ——。だが、斬撃には速さも鋭さもなかった。腰が浮いて、手だけの斬り込みだった。

タアッ！

千野が鋭い気合を発し、体を右手に寄せざま刀を袈裟に払った。すばやい太刀捌きである。

長身の男の切っ先は、千野の肩先をかすめて空を切り、千野の切っ先は男の首をとらえた。

長身の男の首から、血が驟雨のように飛び散った。男は血を撒きながらよろめき、足がとまると、腰から崩れるように倒れた。

これを見た並木は目をつり上げ、前に立った原島にむかって踏み込んできた。何とか、逃げ道をつくろうとしたらしい。

咄嗟に、原島が並木にむかって斬りつけた。

踏み込みざま、真っ向へ——。原島の切っ先が、並木の眉間をとらえた。だが、薄く皮肉を裂いただけである。

並木は目をつり上げ、鋭い気合を発して原島に二の太刀をふるった。その場に立ったまま刀を横に払ったのだ。

並木の切っ先が原島の右袖を横に斬り裂いたが、腕までとどかなかった。

このとき、泉十郎が並木の脇に走り寄りざま袈裟に斬り込んだ。一瞬の太刀捌きである。泉十郎の切っ先が、並木の肩から胸にかけて深く斬り裂いた。

並木は身をのけ反らせ、絶叫を上げた。並木の赤くひらいた傷口から血が迸り出た。

並木は手にした刀を取り落とし、血を撒きながらよろめいた。

並木は庭に置かれた飛び石に爪先をひっかけ、つんのめるように前に倒れた。俯せになっても四肢を動かし、何とか立ち上がろうとしたが、首を擡げることすらできなかった。いっときすると、並木は動かなくなった。

凄絶な闘いが、夜陰のなかでくりひろげられた。

泉十郎が刀に血振り（刀身を振って血を切る）をくれたとき、縁先に九人ほどの敵が姿をあらわした。廊下に出てきた六人のほかに、座敷から逃げたふたりともうひとり新たにくわわったらしい。

槍を手にした者が、三人いる。おそらく、松坂家に仕える家士もいるのだろう。その九人のなかに、浅田の姿もあった。

「斬れ！　そやつら、江戸から来た者たちだ」

浅田が叫んだ。

その声で、ばらばらと敵が濡れ縁から庭に飛び下りた。

……まずい！

と、泉十郎は思った。

敵は九人だった。味方より多勢である。いずれも、堂源流を遣うとみていい。それに、槍を手にしている者が三人もいる。

まともに闘ったら、泉十郎たちに分はなかった。下手をすれば、皆殺しになるかもしれない。

「逃げるしか手はないぞ！」

植女が言った。植女も味方に分はないとみたようだ。

「引け！　この場は引け」

泉十郎が叫んだ。

この声で、庭に集まっていた千野たち五人が、表門の方へむかって走りだした。泉十郎と植女も走った。

「逃がすな!」

浅田が叫んだ。

縁側に出ていた敵の九人は次々に庭に飛び下り、逃げる泉十郎たちの後を追った。

「見えない!」

逃げる千野が声を上げた。足がとまっている。

座敷の明かりのとどく縁先は、敵と味方を見分けることができたが、縁先から離れると深い夜陰につつまれ、人影さえ見えなくなった。

泉十郎と植女が先にたったが、後続の千野たちのなかから「見えない!」「後ろから、敵がくる!」などと、うわずった声が聞こえた。背後の敵から逃げようとして闇のなかに走りだそうとする者もいた。

「慌てるな! おれと植女の後についてこい」

泉十郎が千野たちに声をかけた。

泉十郎と植女は、夜目がきく。だが、何とか庭木や築山などが識別できるだけである。表門のくぐりから逃げると決めていたが、その方向へ手探りで行くしかなかった。

背後から来る浅田たちの足音が、次第に近付いてきた。浅田たちには土地勘がある上に、泉十郎たちを真っすぐ追ってくればいいのだ。

「見ろ！」

植女が前方を指差した。

前方にかすかに灯の色があった。表門の近くのようだ。

……おゆらだ！

泉十郎はすぐに気付いた。おゆらが蠟燭に火を点けて、泉十郎たちに表門のある場所を知らせているのだ。

「遅れるな！」

泉十郎は、後続の千野たちに声をかけて前方の灯にむかって足を速めた。

前方に表門がはっきり見えてきたとき、フッと灯が消えた。そして、その場から走り去る足音が聞こえた。おゆらは泉十郎たちが近くまで来たことを知って、その場から姿を消したのだ。

泉十郎たちは、表門に走り寄った。

くぐりがあいていた。おゆらが、あけておいてくれたらしい。

「出るぞ！」

泉十郎が声をかけ、くぐりから門外へ出た。

しんがりにまわった植女が、くぐりをしめた。後を追ってくる浅田たちにくぐりから逃げたことを気付かせないためである。

泉十郎たちは門の外に出ると、小走りに光林寺にむかった。

……今夜の襲撃は、うまくいった。

と、泉十郎は思った。四人ほど斬った敵のなかには並木もいた。一方、味方は擦り傷程度で全員無事である。

第五章　攻防

1

泉十郎、植女、千野の三人は、光林寺の庫裏の座敷で茶を飲んでいた。寺男の茂助が淹れてくれたのである。

「どうだ、松坂家の動きは」

泉十郎が訊いた。

泉十郎たちが松坂家の屋敷に忍び込み、屋敷内にいた浅田たちや堂源流の者たちを襲って三日経っていた。この間、泉十郎たち三人は、光林寺に身を潜めていたが、大草たち四人は松坂家の屋敷を探りにいっていた。

「これといった動きはないようだが、今日も大草たちは探りにいっている。だれか、知らせに来るはずだ」

千野が言った。

「そうか」

泉十郎は手にした湯飲みの茶をすすった後、

「ところで、中峰どのから何か知らせがあったか」

と、声をあらためて訊いた。

先手組物頭の中峰は城代家老の森重と会い、江戸家老、矢島の嫡男の俊之助が殺された経緯と、その背後に年寄の西川政右衛門がいることなどを話しているはずだった。

「実は、昨日、中峰さまとお会いし、その後の話をお聞きしたのだ」

「それで」

泉十郎が身を乗り出して訊いた。

「御城代は、俊之助どのが江戸で何者かに殺されたことを聞くと、ひどくがっかりされたそうだ」

「俊之助どのを斬ったのは、江戸詰の浅田たちだと話されたのか」

肝心なのは、俊之助が他流の者に立ち合いを挑まれて討たれたのではなく、浅田たちに暗殺されたことだった。

「そのことも、中峰さまはお話ししたようだ」

「御城代は、どのように仰せられた」

「それが、戸惑うような顔をしただけで、口をつぐんでおられたそうだ」

「なぜだ」

城代の森重は、俊之助が藩の者に暗殺されたと知れば、黙ってはいられないはずだ。なぜ浅田たちが暗殺したのか、その理由を訊くだろう。

「中峰さまの話では、浅田たちを匿っている城代組の松坂からも御城代に話があったようなのだ。おそらく、松坂は、俊之助どのが江戸で他流の者と立ち合って敗れたと話したのではないかな」

「うむ……」

城代組番頭の松坂は、浅田たちを屋敷に匿っているだけでなく、俊之助が他流試合に敗れて殺されたと森重に話したのだろう。森重は、どちらの話を信じていいか、迷っているのかもしれない。

「このままだと、御城代は松坂たちの言い分を信ずるかもしれん」

千野が、憂慮に顔を曇らせた。

「こちらも、手を打とう」

泉十郎が言った。

「手とは」

千野が身を乗り出して訊いた。

「まず、千野どののたちは、俊之助どのの敵を討つために国元にもどってきたことを藩士たちに言い触らすのだ。そうすれば、浅田たちを匿っている松坂家の屋敷を襲撃したことも、敵討ちのためだと藩士たちに訴えることになる」

「なるほど」

「それに、藩士たちは、松坂が浅田たちを匿っていることにも不審を抱くだろう」

「そうだな」

千野の顔から憂慮の影が消えた。

泉十郎はいざとなれば、城代の森重に直接会って御側御用取次の相馬の指図で滝田藩に来たことと、俊之助を殺したのは浅田たちだと話してもいいと思った。ただ、それは最後の手段である。それをやると、自分たちが幕府の御庭番であることも知れるし、江戸家老と御側御用取次とのかかわりもあきらかになる。

「さっそく、おれたちも動く。それに、中峰さまにお話しして手を打ってもらう」

千野が言った。

三人でそんな話をしているところに、大草と原島がもどってきた。ふたりは、ひどく慌てていた。

「何かあったのか」

すぐに、千野が訊いた。

「ま、松坂の屋敷で、動きがありました」

大草が、声をつまらせて言った。

「どんな動きだ」

「あらたに、堂源流の者が四、五人、松坂の屋敷に入りました」

大草と原島が話したことによると、松坂の屋敷を出た浅田と長谷川が、藩士を数人連れて屋敷にもどったという。

「浅田たちが連れてきたのは、堂源流の者たちだな」

千野が念を押すように訊いた。

「そうです」

「おれたちに屋敷を襲撃されたので、守りをかためるために新たに一門の者を集めたのではないかな」

「ちがうな」

泉十郎が口を挟んだ。

その場にいた千野たちの目が、泉十郎に集まった。植女は黙したまま茶を飲んでいる。

「おれたちの襲撃に備えて警戒はするだろうが、そのために仲間を増やしたのではないな。他の目的があって、一門の者を集めたとみる」

「他の目的とは」

千野が訊いた。

「おれたちを討つためだ。おそらく、おれたちの居所を探るために、新たに一門の者を集めたのだ」

千野は虚空に視線をとめていたが、

「ここも、つきとめられるかもしれぬ」

と、顔を強張らせて言った。

光林寺は身を隠すにはいい場所だが、千野や大草たちは光林寺に立て籠もって外に出ないわけにはいかないし、自分の屋敷にも立ち寄るだろう。それに、いつ光林寺にも敵が探りにくるか分からない。

「そうかといって、別の場所に身を隠しても同じことだな」

泉十郎は、別の場所もいずれ浅田たちにつきとめられるとみた。

「どうする」

千野が訊いた。

「何人か、味方を集められるか」

泉十郎は、いまの戦力では浅田たちに太刀打ちできないとみた。

「五、六人なら」

千野が、先手組のなかで一刀流を身につけた藩士に声をかけてみると話した。

「十二、三人になるな。それだけいれば、何とかなる」

泉十郎たちは、いま七人で動いていた。五人くわわれば、十二人である。

「さっそく、先手組の者にあたってみる」

千野が言った。

2

光林寺の境内に、十三人の武士が集まっていた。これまでの仲間七人に、あらたに先手組の者が六人くわわったのだ。六人は、いずれも一刀流を遣うという。

千野が、ここを襲撃しようとする者たちがいることを話してから、

「ここに踏み込んでくるのは、浅田たち堂源流の者たちだ。人数は、おれたちより多いかもしれない」

と、言い添えた。

あらたに集まった六人は無言だったが、その顔は厳しかった。一刀流を遣うといっても、真剣勝負の経験はないのだろう。

その場が重苦しい沈黙につつまれたとき、

「浅田たちとの闘いに、勝つ手がある」

と、泉十郎が声高に言った。

すると、その場に集まった男たちの視線が、泉十郎に集まった。

「槍だ」

「槍は用意してないぞ。それに、槍は不慣れだ」

千野が言った。

「槍はこれから作る。竹槍だ」

泉十郎が、本堂の裏手に竹藪があることを話した。

「竹槍な」

千野は、まだ腑に落ちないような顔をしていた。その場に集まっていた大草たちの顔にも不審の色があった。

「境内につづく参道があるな。参道は雑木林のなかにつづいている。その参道の両側に身を隠して浅田たちが通りかかったら、一斉に飛び出して左右から竹槍で攻撃するのだ」

泉十郎は、そこで話をやめて一息ついた。浅田たちが、街道筋で泉十郎たちを待ち伏せしていた手を遣うのである。

千野たちは黙って、泉十郎の次の言葉を待っている。

「その攻撃で、敵の何人かは斃せるはずだ。残った者たちは、逃げ散る。……そうなったら、今度は逃げた者たちを刀で襲うのだ。そのときも、ばらばらにならず、まとまって敵を攻撃する」

泉十郎が話を進めるにしたがって、男たちの目に強いひかりが宿り始めた。

「やろう！」

千野が声高に言うと、その場に集まった者たちがうなずいた。男たちは、闘う気になっている。

「まず、竹槍作りからだな」

泉十郎が言った。

「念のため、見張りをおこう」

千野はその場に集まっていた男たちのなかから大草と原島を呼び、見張りに立つよう指示した。ふたりは光林寺の山門に通じる道の物陰に身を隠して、浅田たちに目を配るのである。

その場に残った泉十郎たちは、本堂の裏手にまわった。竹槍を作るのだ。手頃な太さの竹を選び、それぞれが一本ずつ作った。泉十郎と植女も、まずは竹槍を手にして闘うつもりだった。

この日は、何事もなく終わった。暗くなってから、添島や新しくくわわった六人は、それぞれの屋敷に帰った。明朝、暗いうちに光林寺に姿を見せるだろう。

境内に残ったのは、泉十郎、植女、千野、大草、原島の五人だった。泉十郎たちが寺で用意してくれた夕餉を済ませ、茶を飲んでいると、ホウ、ホウ、と境内の方で梟の鳴き声が聞こえた。

……おゆらだ！

と、泉十郎はみた。

おゆらが、泉十郎と植女を呼んでいる。

「厠だ」

そう言って、泉十郎は腰を上げた。

「おれも、用足しだ」

植女も立ち上がった。

泉十郎と植女は庫裏から出ると、梟の鳴き声のする方に足をむけた。本堂の前辺りで鳴き声はするが、人影は見えなかった。おゆらは、闇に溶ける忍び装束に身をかためているのだろう。

泉十郎たちが鳴き声のする方に近付くと、夜陰(やいん)のなかにぼんやりとひとの姿が見えた。おゆらである。

近付くと、おゆらは頭巾(ずきん)をかぶっているらしく、目のあたりだけが夜陰のなかに浮き上がったように見えた。

「おゆら、どうした」

泉十郎が訊いた。

「浅田たちが、ここを襲うようだよ」

おゆらによると、昨夜松坂の屋敷に忍び込んで、浅田たちが話しているのを耳にしたという。

「そのことは、承知している」

泉十郎が、こちらも襲撃に備えて準備していることを話した。

「竹槍を遣うのかい」

おゆらが、聞き返した。

「そうだ。おゆらのように手裏剣(しゆりけん)が遣えれば、竹槍など遣うことはないのだがな」

「おもしろいね。あたしも、いっしょに竹槍で闘いたいけど、駄目だよね」

「駄目だ。それより、襲撃はいつか知れたか」

泉十郎が、声をあらためて訊いた。

「浅田たちがここを襲うのは、明日のようだよ」

おゆらが言った。

「明日だと！」

泉十郎の声が、大きくなった。浅田たちの動きは、思っていたより早かった。

「夕暮れ時だと言ってたね」

「夕暮れ時か」

そう言って、泉十郎が口をとじると、

「それで、敵の人数は分かるか」

植女が訊いた。

「人数は分からないけど、あらたに五、六人くわわったようだから、二十人ほどになるかもしれないよ」

「そうか」

泉十郎は、驚かなかった。浅田たちが光林寺を襲うなら、その程度の人数になると踏んでいたからである。

「あたしも、様子を見て手を貸すよ」

ずである。

泉十郎は、断らなかった。おゆらは、正体が知れないようにうまく助太刀してくれるは

「頼む」

3

翌朝、陽が高くなってから、光林寺の境内に添島たちや新しくくわわった六人が顔を見せた。泉十郎は千野や添島たちを前にし、

「今朝、山門の近くで、寺の様子をうかがっている武士を見掛けたのだ」

と、切り出した。

千野をはじめその場に集まった男たちが、驚いたような顔をした。千野たちは、その武士が浅田たちとかかわりある者とみたのだろう。

「襲撃のために、下見に来たのかもしれん」

泉十郎はおゆらのことは口にせずに、浅田たちが今夕光林寺を襲うことを千野たちに知らせるつもりだった。

「すると、浅田たちの襲撃は近いな」

千野が言った。

「今日かもしれん。ただ、日中は墓参のため、寺に出入りする者もいる。襲うとすれば、陽が沈んでからだろうな」

泉十郎は、今日の日没ごろから浅田たちの襲撃に備えることを話した。

千野をはじめ、その場に集まった藩士たちが顔を引き締めた。いずれも、闘う気になっている。

その日、陽が西の山脈(やまなみ)の向こうに沈みかけたころ、泉十郎たちは闘いの身支度(みじたく)をととのえた。総勢、十三人。二手に分かれ、竹槍を手にして参道沿いの雑木林のなかに身を隠した。泉十郎と植女は、両側に分かれた。また、添島と栃原が、光林寺の参道に入る場所の近くに身を隠して見張ることになった。

十一人の男たちは、雑木林のなかで息を潜めて浅田たちが姿を見せるのを待っている。

雑木林のなかは、静かだった。ときおり雑木林のなかで野鳥の鳴き声がし、野兎(のうさぎ)でもいるらしく、落ち葉のなかを歩く足音が聞こえたりした。

いっときすると、陽が沈み、雑木林のなかが淡い夕闇につつまれてきた。

……今日は、こないのか。

と、泉十郎が思ったときだった。

雑木林のなかで、枯れ葉を踏む重い足音が聞こえた。だれか、泉十郎たちの方に近付いてくる。

「添島だ!」

泉十郎のそばにいた千野が言った。

見ると、林間に添島の姿が見えた。こちらに来るようだ。浅田たちが来たことを知らせにきたのではあるまいか。

添島は泉十郎たちのそばに来ると、

「浅田たちがきます!」

と、昂(たかぶ)った声で言った。

「栃原は」

千野が訊いた。

「植女どのたちへ、知らせに行きました」

「敵の人数は」

泉十郎が訊いた。

「二十人ほど」

「多いな。だが、勝てる!」

泉十郎が語気を強くして言った。味方は十三人で、浅田たちより少ないが、竹槍の奇襲で何人か討ち取れるはずである。

「敵だ！」

参道沿いにいたひとりが、声を殺して言った。

「支度をしろ！」

泉十郎が、林間に埋伏している男たちに声をかけた。泉十郎、千野、添島の三人も竹槍を手にして、参道近くの樹陰に身を隠した。そこから一斉に飛び出し、竹槍で攻撃するのである。

参道の先で、大勢の足音が聞こえた。見ると、武士の一隊が二列になってこちらに歩いてくる。いずれも、闘いの身支度だった。小袖にたっつけ袴で、草鞋履き。両袖を襷で絞り、なかには鉢巻きをしている者もいる。

先頭のふたりは、浅田と長谷川だった。ふたりも、闘いの身支度である。

泉十郎たちは竹槍を手にし、息をつめて浅田たちが近付くのを待った。まだ、浅田たちは身を潜めている泉十郎たちに気付いていない。

浅田たちが近くまで来たとき、泉十郎の後ろにいたひとりが、逸る気持ちを抑えきれず、飛び出そうとした。

泉十郎は、男の前に手をひろげてとめた。林から飛び出すのは、浅田たちの一隊が目の前に来たときである。

浅田たちは、しだいに近付いてきた。足音が大きくなり、隊のあちこちから話し声が聞こえた。

浅田が泉十郎の前を通り過ぎ、後続の者たちがつづいて歩いていく。

……いまだ！

泉十郎は胸の内で叫び、大きく手を振った。

男たちが一斉に動いた。枯れ葉を踏む音や灌木を分ける音が林間にひびいた。泉十郎と千野につづき、竹槍を手にした男たちが次々に参道に飛び出した。

林の向こう側からも、植女たちの一隊が参道に走り出た。

参道を歩いてきた男たちは、林の両側から飛び出してきた泉十郎たちを見て、ギョッとしたようにその場に立ち竦んだ。刀を抜くことも忘れている。

「突け！」

ほぼ同時に、泉十郎と植女が叫んだ。

林の両側から飛び出した泉十郎たちが、手にした竹槍で立ち竦んでいる男たちを一斉に突いた。

参道のあちこちで、悲鳴や呻き声が上がった。

これを見た浅田が、

「敵だ！　怯むな！」

と叫び、刀を抜いて、竹槍を手にしているひとりに走り寄った。

浅田が走り寄ったのは、添島だった。添島は竹槍の先を浅田の方へむけようとしたが、間に合わないとみて、竹槍を投げ捨てた。そして、林のなかへ逃げた。刀を抜いて切っ先をむける間がなかったのだ。

泉十郎は、敵のひとりの脇腹を竹槍で突いた。男は呻き声を上げ、後ろによろめいた。脇腹を押さえた左手が血に染まっている。

そのとき、敵のひとりが、泉十郎の左手から迫ってきた。抜き身を手にしている。

泉十郎は、竹槍を捨てた。槍をまわして、尖った先を敵にむける間がなかったのである。泉十郎は抜刀し、切っ先を敵にむけた。長身の男だった。初めて見る顔である。

男は八相に振りかぶり、泉十郎と対峙した。遣い手らしく腰が据わり、構えに隙がなかった。

参道のあちこちで、男たちが竹槍と刀を手にして対峙していた。数人の男が、竹槍に腹や胸を突かれ、血塗れになっていた。まだ立っている者もいたが、参道の脇にへたり込んでいる者もいた。

4

植女が叫んだ。

「槍を捨てろ！」

敵味方入り乱れての闘いになると、竹槍は遣えなかった。槍をまわして、槍先を敵にむける間がないのである。竹槍が遣えるのは、林の両側から飛び出したときだけで、乱闘になるとかえって邪魔である。

千野や大草たちは、次々に竹槍を捨てて刀を抜いた。

「寺にいる者たちだ！　斬れ！」

叫んだのは、長谷川だった。

長谷川の声で、敵の数人が切っ先を千野や大草たちにむけた。

狭い参道で、敵味方が入り乱れ、激しい斬り合いが始まった。斃（たお）れる者、呻き声を上げ、血に染まってよろめく者。凄絶（せいぜつ）な闘いである。

そのとき、添島と対峙していた浅田が、脇から近寄った栃原の斬撃をあびた。左袖が裂け、あらわになった二の腕から血が流れ出たが、浅手のようだ。

浅田はすばやい動きで後じさり、添島たちから間合を取ると、

「引け！　林のなかへ逃げろ！」

と、大声で叫んだ。

浅田の声で、泉十郎たちと闘っていた長谷川たちは抜き身を手にしたまま次々に林のなかへ逃げた。

すぐに、浅田も林のなかへ飛び込んだ。

「逃がすな！　追え」

千野が叫び、自ら林のなかに入った。

これを見た大草や原島たちも、林のなかに踏み込んだ。

泉十郎と植女も、林のなかへ入った。林間を逃げていく敵と、それを追う味方の後ろ姿が見えた。

「深追い、するな！」

泉十郎が叫んだ。林のなかまで敵を追うのは危険だった。樹陰に身を隠して待ち伏せされる恐れがある。

「参道へ、もどれ！」

千野も林間に足をとめて叫んだ。すると、林のなかのあちこちで、「追うな！」「参道へもどれ！」などと叫ぶ、味方の声がひびいた。

泉十郎や千野たちが参道にもどり、いっときすると雑木林のなかに踏み込んだ味方の男たちも帰ってきた。

泉十郎たちは、倒れたり蹲（うずくま）ったりしている男に目をやった。参道には、深手を負ったり、絶命した者などが八人いた。

敵が六人、味方はふたりだけだった。味方のふたりは、栃原と新たにくわわった塚田（つかだ）だった。栃原は、左の二の腕を斬られただけだったが、塚田は重傷だった。肩から背にかけて斬られていた。ただ、命にかかわるような傷ではない。

一方六人の敵のうち、四人は絶命していた。そのなかに、宗田もいた。宗田は竹槍で脇腹を突かれた上に首にも斬りつけられ、血塗れになって息絶えていた。

泉十郎たちは、重傷のふたりの名を知らなかった。新しく浅田たちにくわわった者かもしれない。ふたりは、竹槍で肩や脇腹を突かれ、皮肉を抉（えぐ）られたような傷があった。ふたりとも傷が深く、その場から逃げられなかったらしい。

泉十郎たちがふたりの名を訊くと、隠さずに名乗った。安森（やすもり）と阿川（あがわ）である。泉十郎たちは死体を参道に放置できないので、雑木林のなかに運びこんでおいた。後で、墓地のどこかに埋めることになるだろう。

「引き上げよう」

泉十郎が、声をかけた。

泉十郎たちは安森と阿川を連れ、光林寺にもどった。境内にふたりを連れて行き、あらためて逃げた浅田たちについて訊くことにした。まだ、浅田たちとの闘いは、終わっていなかったのだ。

泉十郎は年上らしい安森の前に立ち、

「安森、なにゆえ浅田たちの仲間にくわわったのだ」

と、訊いた。堂源流一門というだけで、命懸(いのちが)けの闘いにくわわるとは思えなかったのである。

安森は顔をしかめていっとき口を閉じていたが、

「堂源流一門のためだ」

と、吐き捨て(はきすて)るように言った。

「おぬしの役目は」

泉十郎が訊いた。

「城代組だ」

安森が言うと、千野の脇に立っていた添島が、安森は小頭です、と言い添えた。

「番頭の松坂から話があったのか」

泉十郎が言った。

「そ、そうだ」

安森は肩を落とした。

もうひとりの阿川も、城代組だった。安森の配下の組子だという。

「番頭の松坂だがな。なにゆえ、江戸から逃げてきた浅田たちを屋敷内に匿い、こうして千野どのたちを襲ったりするのだ。江戸にいる西川と昵懇にしているとはいえ、すこし危ない橋を渡り過ぎると思うがな」

泉十郎は、松坂も己の命を賭けているような気がした。

「おれには、分からぬ」

そう言って、安森は視線をそらした。

泉十郎は念のため阿川にも同じことを訊いてみたが、阿川も知らないようだった。

「ここから逃げた浅田たちだがな。どこへ、むかった」

泉十郎が、声をあらためて訊いた。

「松坂さまのお屋敷だ」

「逃げた者たちはみな、松坂の屋敷にもどったのか」

泉十郎が聞き返した。浅田たちはともかく、ここから逃げた多くの者は、いったん自分の屋敷にもどったとみていたのだ。

「そうだ」

安森によれば、松坂家を出る前、全員が光林寺から松坂家の屋敷にもどることにしてあったそうだ。ただ、自分の屋敷に立ち寄ってから松坂家へもどる者もすくなくないという。

「すると、松坂家にもどるのが遅くなる者もいるな」

泉十郎が念を押すように訊いた。

「いるはずだ」

「そうか」

泉十郎が、その場に集まっている男たちに目をやり、

「浅田たちとの闘いは、まだ終わってないぞ」

と、声高に言った。

5

泉十郎たちは、すぐに光林寺を後にした。むかった先は、松坂家である。

すでに、辺りは濃い夕闇につつまれていた。泉十郎たちは、人気のない通りを急いだ。浅田たちに二度と襲撃されないように、光林寺を襲撃した者たちをひとりでも多く、捕らえるなり討ちとるなりして、戦力を削ぎたかった。それに、捕らえた者から話が聞ければ、松坂をはじめ、この闘いにくわわった者たちについて新たなことが分かるかもしれない。泉十郎たちは、以前忍び込んだ松坂家の屋敷をかこった築地塀の近くまで来た。この辺りで、松坂家の屋敷にもどる浅田たちを待つことにした。ただ、何人姿をみせるか分からない。浅田たちのように光林寺から松坂家に直接もどった者は、すでに屋敷内に入っているはずだ。

塀沿いの通りは、夜陰につつまれていた。屋敷内から淡い灯が洩れ、かすかに話し声が聞こえた。浅田たちかもしれない。ただ、男の声であることは分かったが、話の内容は聞き取れなかった。

泉十郎が何気なく表門の方へ目をやると、かすかに人影が見えた。

……おゆらだ！

泉十郎には、おゆらだと分かった。闇に溶ける忍び装束だったからである。

「植女、表門の方へまわって様子を見てこないか」

泉十郎が声をかけた。

「そうだな」

植女は、すぐに承知した。植女も、おゆらがいると気付いたようだ。

泉十郎は「すぐ、もどる」と言い残し、植女とともに表門の方へむかった。表門の前からすこし離れた闇の深いところで、おゆらが待っていた。

「おゆら、浅田たちの跡を尾けてここまで来たのか」

泉十郎が訊いた。

「そうですよ。旦那たちが、今夜のうちに来るかもしれないと思って、ここで待ってたんですよ」

「それで、浅田たちは屋敷内に入ったのだな」

「入りましたよ。浅田の他に、何人もね」

おゆらによると、屋敷内で寝泊まりしていた者たちは、光林寺からそのまま松坂家の屋敷にもどったという。

「遅れてきた者も、いるはずだが」

自分の屋敷に立ち寄ってから、ここへ来た者もいるはずである。

「ふたり、来ましたよ」

「ふたりだけか、まだ来るな」

泉十郎は、ふたりの他に何人か来るとみた。

「旦那たちは、どうする気です」

おゆらが訊いた。

「もどって来た者を捕らえる。話を聞くためにな」

泉十郎は、できれば斬らずに捕らえようと思った。安森と阿川が口にしなかったことを知っているかもしれない。

「おゆら、おれたちは千野どのたちのところへもどるぞ」

泉十郎が言った。

「あたしは屋敷内に忍び込んでみるよ」

「おゆら、気をつけろ」

そう言い残し、泉十郎と植女は千野たちのところへもどった。

泉十郎たちが築地塀のそばにもどって、小半刻（三十分）もしただろうか。通りの先で足音がし、話し声が聞こえた。顔は見えなかったが、その身装から武士であることが知れた。松坂家に来たとみていいだろう。

「来たぞ！　ふたりだ」

植女が声を殺して言った。

「いくぞ」

泉十郎と植女が先にたち、築地塀沿いの闇の深いところをたどるようにして、ふたりの武士に近寄った。

ふたりの武士が十間ほどに迫ったとき、泉十郎と植女がいきなり走りだした。

ふたりの武士の足がとまり、凍りついたようにつっ立った。小柄な武士とずんぐりした体軀の武士である。ふたりの驚愕に見開いた目が、夜陰のなかに青白く浮き上がったように見えた。

「な、何者！」

ひとりが、声を震わせて誰何した。

泉十郎は走り寄りざま抜刀した。植女は左手で刀の鯉口を切り、右手を刀の柄に添えた。居合の抜刀体勢をとったのである。

ふたりの武士は、その場に立ったまま刀を抜いた。刀身が、夜陰のなかで青白くひかっている。

泉十郎は刀身を峰に返すと、ずんぐりした体軀の武士に走り寄り、
タアッ！

と、鋭い気合を発して、袈裟に斬り込んだ。

咄嗟に、武士は刀を振り上げて泉十郎の斬撃を受けたが、無理な体勢だったため腰が崩ずれて後ろによろめいた。

すかさず、泉十郎は踏み込み、刀身を横に払った。

ドスッ、という鈍い音がし、刀身が武士の脇腹を強打した。峰打ちである。

武士は苦しげな呻き声を上げ、手にした刀を取り落とし、両手で腹を押さえてうずくまった。

「動くな！」

泉十郎が、切っ先を武士の喉元に突き付けた。

この間に、植女もうひとりの小柄な武士を居合で仕留めていた。植女は居合で抜刀しざま武士の手にした刀を弾き上げ、刀身を峰に返して武士の腹に峰打ちをみまったのだ。

地面にへたり込んだふたりの武士のまわりに、千野たちが走り寄った。

「おれが縛る」

植女が用意した細引を懐から取り出し、千野たちにも手伝ってもらってふたりを後ろ手に縛った。

「騒がれると面倒だ。猿轡をかませておこう」

泉十郎が手拭いを取り出し、ふたりに猿轡をかませた。手拭いは猿轡をかませるために泉十郎が用意したのだ。

「まだ、松坂の屋敷にもどって来る者がいるかもしれない」

泉十郎がそう言い、捕らえたふたりを暗がりに連れていった。

それから半刻（一時間）ほど、泉十郎たちは築地塀沿いの闇のなかに身を隠し、松坂家の屋敷にもどってくる者を待ったが、姿を見せなかった。

泉十郎たちは、捕らえたふたりを光林寺に連れていった。ふたりから、話を聞くつもりだった。

6

光林寺の境内は、夜陰につつまれていたが、本堂の前は明るかった。曇っていた空が晴れてきて、十六夜の月が顔を出したのだ。すこし風が出たらしく、本堂の裏手の杉や松の枝葉がサワサワと揺れている。

泉十郎が、捕らえたふたりを本堂の前の地面に座らせた。そのふたりを、植女や千野たちが取り囲んだ。

泉十郎がふたりの前に立ち、

「名は」

と、訊いた。

ふたりは無言だった。顔をしかめて、前に立った泉十郎の腹の辺りを睨むように見すえている。

「隠しても無駄だ。おぬしたちがここを襲った後、ふたり捕らえてな。すでに、話を聞いている。おぬしたちのことも、ふたりに訊けばすぐに分かる」

泉十郎たちが先に捕らえた安森と阿川は、庫裏の脇にある納屋に閉じ込めてあった。訊問の成り行きによっては、ふたりをここに連れ出してもいい。

泉十郎は声をあらためて、

「おぬしの名は」

と、訊いた。静かだが強いひびきのある声だった。

「高代元次郎」

武士が名乗った。

つづいて泉十郎が、小柄な武士に名を訊くと、

「島沢太四郎」

と、名乗った。

泉十郎がふたりに役目を訊くと、ふたりとも隠さずに城代組の組子だと口にした。すでに、仲間のふたりが捕らえられてしゃべったことを知って、隠しても仕方がないと思ったのだろう。

「ふたりは堂源流か」

泉十郎は、念のために確かめてみた。

「そうだ」

高代が答えると、島沢もうなずいた。

「おぬしたちは、城代組でしかも堂源流一門だった。それで、松坂や浅田の言いなりに動いたのか」

泉十郎は、他にも何か理由があるような気がした。松坂が城代組の番頭であり、同じ堂源流一門だったとはいえ、命懸けの襲撃に容易にくわわるとは思えなかったのだ。

ふたりは、戸惑うような顔をしただけで口をひらかなかった。

「金でも、もらったか」

泉十郎が水をむけた。

「金などもらってない」

高代が、強い口調で言った。

「では、なぜ松坂や浅田にしたがった」

「そ、それは……」

高代が言い淀んだ。

「金でも、堂源流一門のためでもないとすれば」

泉十郎は高代を見すえて言った後、

「役目か」

と、訊いた。金でも一門のためでもなければ、出世しかないかとみたのだ。

「そ、そうだ」

高代が、がっくりと肩を落とした。

島沢もうなだれ、膝先に視線をむけている。

そのとき、黙って泉十郎と高代のやり取りを聞いていた千野が、

「松坂は、城代組の組子から小頭に格上げすると話したのだな」

と、ふたりを見すえて訊いた。

高代と島沢は、無言のままちいさくうなずいた。

次に口をひらく者がなく、境内に立った男たちを夜陰と静寂がつつんでいたが、

「松坂が、ここまで浅田たちの肩をもって危ない橋を渡っているのも、おぬしたちふたりと同じ狙いがあったからではないか」

泉十郎は、松坂が江戸の西川政右衛門と昵懇であり、堂源流一門のつながりがあったからといって、それだけの理由でここまでやるとは思えなかったのだ。

高代と島沢はいっとき口をつぐんでいたが、

「松坂さまにも、出世の話があるらしい」

と、高代が小声で言った。

「やはり、そうか」

泉十郎がそうつぶやくと、千野が高代に身を寄せ、

「松坂は、城代組番頭ならどんな役目に就こうとしているのだ」

と、語気を強くして訊いた。

「と、年寄と、聞いている」

高代が小声をつまらせて言った。

「年寄だと！」

泉十郎が声高に言った。

泉十郎は、松坂がなぜここまで危ない橋を渡っているか読めた。年寄の西川が森重の跡を継いで城代になれば、己の後釜に松坂を推挙するとの話があったのだろう。それで、松坂は江戸家老の矢島が城代になることを阻止するために、浅田たちに味方しているのだ。

「やはり、松坂は年寄の西川とつながっていたのだな」

千野が納得したような顔をした。

「どうする」

泉十郎が、千野に目をやって訊いた。

「まず、中峰さまにお話ししよう」

「それがいいな」

泉十郎も、中峰の口から城代の森重に話をするのが筋だろうと思った。

7

翌朝、泉十郎、植女、千野、大草、原島の五人は、中峰義兵衛の屋敷にむかった。安森や高代から聞いたことを中峰に伝えるためである。五人は、以前中峰家を訪れた者たちだった。

中峰家の屋敷の木戸門はとじてあったが、門扉(もんぴ)はすこしあいていた。

「入ろう」

千野が泉十郎たちに声をかけ、門扉をさらにあけてなかに入った。

玄関付近に人影はなかったが、屋敷内で人声が聞こえた。男の声だが、武家言葉ではなかった。下男であろうか。

「お頼みもうす」

千野が玄関先で声をかけた。

すると、足音がし、玄関から初老の男が顔を出した。武士体ではなかった。やはり、下男らしい。

「それがし、千野藤十郎ともうす。中峰さまは、おられるかな」

千野が男に訊いた。

「おられます」

男が腰をかがめて言った。

「中峰さまに、千野が来たとお伝えしてくれ」

「すぐに、お伝えしやす」

男はもう一度、千野に頭を下げてから奥へもどった。

いっときすると、男といっしょにほっそりした初老の女が姿を見せた。中峰の妻のみねである。泉十郎たちは以前、中峰の妻とも顔を合わせていたのだ。

「みなさん、ごいっしょですか」

みねが、泉十郎たちに目をやって笑みを浮かべた。泉十郎たち五人のことを覚えていたらしい。

「中峰さまに、お伝えすることがあってまいりました」

千野が言った。

「そうでしたか。さァ、お上がりになってください」

みねは、泉十郎たちを玄関に上げた。そして、中庭の見える座敷に案内した。そこは、以前泉十郎たちが中峰と会った座敷である。

「すぐに、うちのひとを呼びますから」

みねはそう言い残し、そそくさと座敷から出ていった。

いっときすると、中峰が座敷に入ってきた。みねは姿を見せなかった。茶を淹れる支度をしているのかもしれない。

中峰は床の間を背にして座ると、

「千野、何かあったか」

と、すぐに訊いた。

「浅田たちに襲われる懸念があったため、われらは光林寺に身を隠しておりました」

千野はそう切り出し、浅田たちのことを探るため松坂家に侵入して屋敷にいた者たちと斬り合いになったことなどを話し、

「松坂家には、城代組で堂源流一門の者たちが大勢集まっております」

と、言い添えた。

「松坂が集めたのか」

「そうです。江戸から来たわれらを討つためです」

「うむ……」

中峰の顔がけわしくなった。

「昨日、浅田や松坂家に集まった者たちが、われらを討つために光林寺を襲いました」

「なに、光林寺を襲ったと」

中峰が身を乗り出した。

「ですが、われらは浅田たちの襲撃を事前に察知し、途中の参道で待ち伏せしました」

千野が、その闘いのなかで襲撃者の何人かを討ち取り、四人の男を捕らえたことを話した。ただ、参道での闘いの後、松坂家の近くまで出向いたことや捕らえた四人の名は口にしなかった。こまかいことは、後で話せばいいと思ったのだろう。

「捕らえた四人から、話を聞いたのか」

中峰が訊いた。

「はい、四人の話から、松坂が何のために浅田たちを匿い、城代組の者たちにわれらを襲わせたのか知れました」

「話してくれ」

「俊之助どのが江戸で剣術の立ち合いで敗れて殺されたことを、浅田たちに証言させるためです」

「そのことは、すでに聞いた」

「このこともすでにお話ししてありますが、剣術の立ち合いにみせて俊之助どのを殺したのは、浅田たちです。俊之助どのと御城代の御息女のゆりさまの婚礼を阻止するためです」

「その狙いは、年寄の西川が森重さまに代わって城代になるためだったな」

中峰が言った。

「はい、われらは、捕らえた四人から話を聞き、松坂の狙いも知りました。同じ堂源流一門で、西川と昵懇にしていたというだけではないのです」

「どういうことだ」

「松坂自身にも、餌があったのです」

「餌とは」

「城代組番頭から年寄になることです」

「なに！」

中峰は声を上げ、いっとき、虚空を睨むように見すえていたが、

「年寄の西川が、自分の跡を松坂に継がせるというのか」

と、顔をしかめて言った。

「西川は城代になることが決まれば、松坂を自分の後の年寄に推挙するつもりでいるようです」

「殿は、西川の話をそのまま信じ、松坂を年寄にするかもしれんな」

中峰が渋い顔をした。

藩主の盛高は高齢で、藩の政を重臣たちに任せることが多かった。西川がもっともらしく話せば、その話を信じるだろう。

中峰と千野のやりとりが終わると、座敷は重苦しい沈黙につつまれた。

「中峰さま」

泉十郎が身を乗り出して言った。

「なにかな」

「いざとなれば、われらが松坂家の屋敷に忍び込み、松坂を討つ手もございます。ですが、松坂を討ったとしても、西川が城代になることはとめられません」

泉十郎が言った。

「そうだな」

「どうでしょうか。御城代の森重さまにお会いになり、これまでのことをすべてお話しになったら」

泉十郎の口から、われらもお供します、と出かかったが抑えた。幕府の御庭番であることは、最後まで隠しておきたかったのだ。

「森重さまにお会いして話すことはできるが、わしらの言い分を森重さまが信ずるかな。おそらく、松坂からも森重さまに話がいっているはずだからな」

中峰の顔に憂慮の翳が浮いた。

そのとき、これまでのやりとりを黙って聞いていた植女が、

「手があります」

と、口を挟んだ。

「手とは」

中峰が植女に顔をむけた。

「捕らえてある四人から、これまで松坂や浅田の指図でやってきたことを口上書にとり、それを持参して森重さまに見てもらったらどうでしょうか」

「そうか。口上書があれば、森重さまもわれらの言い分を信じるな」

中峰の顔から憂慮の翳が消えた。

第六章　上意討ち

1

泉十郎たちが、中峰と会って浅田や松坂らのことを話した四日後、中峰の配下の先手組の者から、「中峰さまのお屋敷に来ていただきたい」との知らせがあった。

このとき、大草と原島は松坂たちの動きを見るために、松坂家の屋敷近くに出かけていていなかった。それで、泉十郎、植女、千野の三人だけで中峰家にむかった。

中峰家の玄関先で、泉十郎たちを出迎えたのは、中峰の妻のみねだった。

「お待ちしてました。お上がりになってください」

そう言って、みねは泉十郎たちを屋敷に上げると、いつもの中庭の見える座敷に案内した。そのみねと入れ替わるように、中峰が姿を見せた。中峰は小袖に角帯というくつろいだ格好をしていた。今日は、登城しないのかもしれない。

中峰は泉十郎たちと対座すると、

「昨日、御城代の森重さまとお会いしたぞ」

すぐに、切り出した。

泉十郎たちは、中峰に目をやった。

「森重さまは、当初、わしの話を信じなかった。やはり、城代組の松坂から話がいっていたのだな」

そう言って、中峰はいっとき間を置いた後、

「わしは、持参した安森たちの口上書を森重さまにお見せしたのだ。森重さまは、その口上書にしばらく目を通しておられたが、中峰の話に嘘はないようだ、と仰せられた」

と、満足そうな顔で言った。

口上書は、一昨日、千野から中峰に渡してあったのだ。

「森重さまに信じてもらえたようだ」

千野がほっとした表情を浮かべた。

そのとき、廊下を歩く足音がし、みねが盆に載せた湯飲みを運んできた。泉十郎たちのために、茶を淹れてくれたらしい。

泉十郎たちは話をやめ、みねが湯飲みを泉十郎たちの膝先に置き、座敷から去るのを待った。そして、みねが座敷を去ると、

「それで、松坂や江戸にいる西川はどうなります」

と、千野が湯飲みを手にしたまま訊いた。

「それは、まだ分からぬ。森重さまは、殿と相談せねばならないので、しばらく待て、と

仰せられた」

中峰が言った。

泉十郎は千野と中峰のやり取りが終わると、

「松坂は、中峰さまが安森たちの口上書を持って、森重さまとお会いしたことを知りましたか」

と、訊いた。松坂が口上書のことを知れば、何か手を打つのではないかとみたのである。

「すぐには知れぬが、いずれ気付くな」

そう言った後、中峰は泉十郎たち三人に目をむけ、

「そこもとたちに、やってもらいたいことがある」

と、声をあらためて言った。

「どのようなことでしょうか」

千野が訊いた。

「殿から松坂や江戸にいる西川に沙汰が下されるまでの間、松坂と浅田に目をくばってもらいたい。……ふたりは、何か手を打ってくるはずだ」

中峰が顔を厳しくして言った。

「心得ました」

千野が言うと、泉十郎と植女もうなずいた。

泉十郎たち三人は、中峰家の屋敷を出ると、いったん光林寺にもどった。松坂家の動きを探りにいった大草たちが帰っているかもしれない。

泉十郎たちは光林寺の庫裏(くり)にもどったが、まだ大草たちは帰っていなかった。辺りが暮色(ぼしょく)に染まるころになって、大草と原島、それに添島と栃原も姿を見せた。栃原は浅田たちとの闘いで二の腕を斬られたが、たいした傷ではなかったので、添島といっしょに行動していたのである。

泉十郎たちは、大草たちが庫裏の座敷に腰を落ち着けるのを待った。

「どうだ。松坂家の動きは」

と、千野が訊いた。

「屋敷から、あまり出てきません」

大草によると、松坂はむろんのこと、屋敷内にいる浅田や城代組の者も、姿を見せないという。

「おれたちの動きをみているのかな」

「気になることがあります」

大草が声をあらためて言った。

「気になるとは」

「ここ二日の間に、五人、松坂家に入る藩士の姿を見掛けました」

「前から松坂家にいる者ではないのか」

「ちがうようです」

大草の話では、その五人は着替えでも入っているらしい風呂敷包(ふろしきづつ)みを持っていて、門の近くにいた武士と何やら話をしてから屋敷内に入ったという。

「五人は、新たに加わった松坂の配下の城代組の者ではないかとみたのですが」

と、大草が言い添えた。

「松坂たちに新たに仲間がくわわったのか」

「はっきりしたことは、分かりませんが、そんな気がします」

「どういうことだ。もう一度、光林寺を襲う気か」

「ここを襲うことはないな」

植女が口を挟んだ。

「そうだな、松坂たちも、同じ失敗を繰り返すようなことはしないはずだ」

泉十郎も、浅田たちが光林寺を襲うことはないとみた。

「何か別の手を考えているのかもしれん」

　千野が言った。

「ともかく、松坂家の見張りをつづけよう。松坂たちの動きが分かれば、おれたちも手を打つことができる」

　泉十郎が男たちに目をやって言った。

　それから、泉十郎たちは交替で松坂家の屋敷の見張りをつづけたが、これといった動きはなかった。その後、新たに松坂たちにくわわる城代組の者もいないようだった。

2

　光林寺に、中峰からの使いが来た。中峰の配下の先手組の者である。

　泉十郎たちが中峰家へ出向き、中峰から安森たちの口上書を森重に渡したことを聞いた十日後だった。

「至急、中峰家に来ていただきたいとの仰せです」

　使いは、緊張した面持ちで言った。

　庫裏にいた泉十郎、植女、千野の三人は、すぐに立ち上がった。そして、使いの者といっしょに中峰家にむかった。

中峰家の屋敷の玄関先まで、中峰の妻のみねが迎えに出ていた。

「何度も、御足労をおかけします」

みねは恐縮した顔でそう言い、すぐに泉十郎たちを中庭の見える座敷に案内した。

泉十郎たちが座敷に腰を下ろすと、みねと入れ替わるように中峰が姿を見せた。何かあったのか、中峰の顔が強張っているように見えた。

中峰は泉十郎たちと対座すると、

「殿から、松坂たちに対する上意が下った」

すぐに、昂った声で言った。

「その沙汰は」

泉十郎が訊いた。

「松坂と浅田は、切腹……」

「切腹！」

泉十郎の声も昂っていた。

「松坂たちに与した城代組の者たちには、後に御城代から沙汰があろう」

中峰が言い添えた。

次に口をひらく者がなく、座敷は沈黙につつまれた。

「実は、御城代から上意を伝える使者の任を、わしが仰せつかったのだ。これまで、松坂の不正をあばいてきたわしが、適任とみたようだ」

「中峰さまが、使者に」

泉十郎は、命懸け（いのちが）の役目だと思った。松坂が使者を屋敷に入れ、沙汰どおりに腹を切るとは思えなかった。

「ここ二、三日のうちに、使者として松坂家に出向くつもりだ」

中峰がそう言ったとき、泉十郎の脳裏（のうり）に、新たに五人、城代組の者が松坂の屋敷に入ったと口にした大草の言葉がよぎった。

……松坂は上意にしたがって、腹を切らぬ！

と、泉十郎は思った。松坂は上意を予測し、あらたに城代組の者を屋敷に集めたのではあるまいか。

上意の使者を斬るなど、考えられないことだが、屋敷内で斬ってしまえば何とでも言い逃れはできる。いきなり屋敷内に踏み込んできたので、屋敷内にいた配下の者が盗賊とまちがえて斬った、とでも言うかもしれない。いずれにしろ時を稼ぎ（かせ）、江戸にいる年寄の西川から他の重臣たちに働きかけてもらい、藩主の翻意（ほんい）を促（うなが）すか、松坂自身が江戸に逃亡するか——。それができなければ、松坂は屋敷内に集めた者たちとともに籠城する覚悟でいるのかもしれない。

「中峰さま、いま松坂家の屋敷に入るのは危険です」

泉十郎が言った。

「だが、上意の使者として行かねばならぬ。松坂を恐れて、屋敷にも入れなかったとなれば、わしは藩中の笑い者になる」

中峰が、顔を強張らせて言った。

「ならば、われらもごいっしょします」

泉十郎が言うと、植女と千野も上意の使者にくわわりたいと口にした。

「すまぬ。そこもとたちの手を借りよう」

中峰が、泉十郎たち三人に目をやって言った。

「それで、使者として出向くのはいつになりますか」

泉十郎が念を押すように訊いた。

「三日後に行くつもりだ」

「承知しました」

泉十郎は、ここ二日の間に松坂家の屋敷に忍び込んで、なかの様子を探っておこうと思った。

中峰から上意の話を聞いた夜、泉十郎、植女、おゆらの三人は、松坂家の屋敷に忍び込んだ。当初、泉十郎と植女のふたりで侵入するつもりで松坂家にむかったが、屋敷近くでおゆらが姿を見せ、三人になったのだ。

泉十郎たち三人は、闇に溶ける忍び装束に身をかためていた。三人は松坂家の屋敷をかこった築地塀(ついじべい)を難なく越え、庭に面した座敷に忍び寄った。その座敷に灯の色があり、男たちの声が聞こえたからだ。

三人は濡(ぬ)れ縁(えん)の近くに身を隠し、聞き耳をたてた。障子(しょうじ)の向こうで、男たちの声が聞こえた。その言葉遣いから、いずれも武士であることが知れた。五、六人いるらしい。酒を飲んでいるのか、瀬戸物の触れ合うような音や猪口(ちょこ)の酒を飲み干すような音が聞こえた。

「……浅田どのは、どう動くかな」

ひとりが、くぐもった声で言った。

泉十郎たちには、だれの声か分からなかった。ただ、その場に浅田がいないことは知れた。

「……しばらく様子を見るのではないか」

別の声がした。

泉十郎たちには、その声の主もわからなかった。ただ、座敷にいる者たちは、まだ上意が下ったことは知らないようだった。

「……しかし、こうして屋敷に閉じこもっているだけでは、どうにもなるまい」

座敷の隅から、別の声がした。

「……光林寺ではなく、いっそのこと中峰の屋敷を襲ったらどうだ。中峰さえいなくなれば、千野たちも動きようがない」

その声の主は、長谷川だった。

「……浅田どのに話してみるか」

「……明日にも、おれから話しておく」

長谷川が言った。

それから、男たちの話は、光林寺での闘いのことや自分たちのこれから先のことなどに移った。座敷にいる男たちも、不安のようだ。

泉十郎たち三人はその場を離れ、屋敷の奥へむかった。庭に面した座敷の先に、いくつも部屋があるようだった。

次の部屋からも、男の話し声が聞こえた。その声から、ひとりは浅田であることが知れた。もうひとりは、何者か分からない。松坂家の者か、城代組の者だろう。

泉十郎たちは、屋敷のなかを探りながら奥へむかい、屋敷内の間取りや男たちのいる部屋などをほぼつかんだ。

屋敷の奥は、松坂家の居間や寝間になっているらしかった。裏手は台所で、下男が寝起きする部屋もあるようだ。

……屋敷の様子が知れた。もどろう。

泉十郎が、植女とおゆらに声をかけた。

3

その日、中峰は馬で松坂家にむかった。

中峰に従ったのは、七人だった。泉十郎、植女、千野、大草、原島、それに先手組小頭の添島と柄原。いずれも、遣い手である。

中峰は継上下（つぎがみしも）姿だった。泉十郎たち七人は、いずれも羽織袴（はおりはかま）姿で二刀を帯びていた。

中峰が七人も帯同したのは、松坂家には浅田たちの他に多勢の城代組の者がいるので、返り討ちに遭う恐れがあったからである。

松坂家の表門はしまっていたが、脇のくぐりがあいていた。松坂家の者は、上意の使者がくることは知らないようだ。

くぐりから添島と栃原が入り、なかから門扉をあけた。

中峰は門前で下馬し、泉十郎たちを従えて玄関先にむかった。そこへ、三人の武士が屋敷内から出てきた。玄関先の物音を聞いて、屋敷内から様子を見に来たらしい。城代組の者であろう。

「な、何事でござる！」

ひとりの武士が、声をつまらせて訊いた。顔が強張っている。

「上意により、まかりこした。屋敷に入らせてもらう」

中峰が高飛車に言った。

「お、お待ちください。すぐに、松坂さまに知らせてきます」

武士はそう言って、中峰の前に立ちふさがった。すると、背後にいたひとりが踵を返し、屋敷内に走り込んだ。浅田や松坂に、知らせに行ったようだ。

泉十郎が立ちふさがったふたりの前に出て、

「そこをどかねば、上意の使者に狼藉をふるった科で、この場で斬る！」

と、刀の柄に手を添えて言った。いまにも、刀を抜きそうな気魄がある。

すると、ふたりは蒼ざめた顔で、

「お、お入りください」

と言って、後じさった。

中峰を中にし、両側に泉十郎と植女がついた。物陰や部屋の障子越しに、刀や槍で突かれないために左右をかためたのである。

「こ、ここで、お待ちください」

ふたりの武士は玄関を入ってすぐのところにあった座敷に、中峰と泉十郎たちを案内した。そこは、客間らしかった。

「松坂どのは、どこにいる」

中峰が声高に訊いた。

「すぐに、お呼びします。しばらく、ここで……」

ひとりの武士が、頭を下げながら言った。

屋敷の奥で、男たちの昂った声や襖や障子をあける音、廊下を走る足音などが聞こえてきた。奥へむかったひとりが、屋敷内にいる浅田や松坂に知らせたのだろう。

「おれが、様子を見てくる」

そう言って、泉十郎が廊下へ出ようとしたところに、ふたりの武士が、客間に入ってきた。ひとりは長谷川だった。もうひとりは、何者か分からない。

「な、中峰さま、奥の座敷へおいでください。松坂さまが、上意の沙汰を承るそうでございます」

長谷川が声をつまらせて言った。

「松坂はいるのだな」

中峰が念を押すように訊いた。

「は、はい……」

「では、参ろう」

中峰につづいて、泉十郎たちが座敷から出ようとすると、

「供の方は、ここでお待ちいただきたい」

長谷川が慌てた様子で言った。

「長谷川、おれたちも使者のひとりだ。松坂どのへ、お伝えすることがある」

泉十郎が言った。

「で、では、腰の物はここに置いていただきたい」

「そうはいかぬ。無腰で来いという前に、松坂がここに来たらいいだろう」

　そう言って、泉十郎は中峰とともに廊下へ出た。植女や千野たちも刀を手にしたまま中峰にしたがった。

　長谷川が仕方なく、先にたって中峰たちを奥へ連れていった。客間から廊下に出て二部屋目まで来たとき、閉(た)ててある障子の先にひとのいる気配がした。

　……何人もいる！

　と、泉十郎は察知した。殺気があった。おそらく屋敷内にいる城代組の者たちであろう。息を潜めて、廊下を歩く泉十郎たちの動きをうかがっているようだ。

「この座敷です」

　長谷川は、何人もが潜んでいる部屋の次の部屋の障子をあけた。

　そこはひろい座敷だった。だれもいない。正面が床の間(とこのま)になっていて、山水(さんすい)の掛け軸がかけてあった。

「松坂どのは、どこにいる」

　中峰が語気を強くして訊いた。

「すぐ、お見えになります。ここで、お待ちください」

　長谷川は、中峰たちに座敷に座るよううながした。

　中峰が床の間を正面にして座した。中峰の両側を泉十郎と植女がかため、背後を千野たち五人がかためた。

泉十郎は背後の座敷の気配をうかがった。襖が閉ててあり、その先に何人も潜んでいるようだ。

……五、六人いる！

と、泉十郎は読んだ。

そのとき、廊下に大勢の足音がした。そして、足音は泉十郎たちのいる部屋の前でとまった。

すぐに障子があき、四人の武士が入ってきた。先頭は浅田だった。その後ろから、恰幅のいい四十がらみと思われる男が入ってきた。眉が濃く、目付きの鋭い男である。男は小袖に袴姿で、無腰だった。

……松坂佐之助だ！

と、泉十郎は察知した。千野から松坂の人相を聞いていたのですぐに分かったのだ。

松坂の背後に、ふたりの武士がつづいた。名は分からなかったが、ふたりとも腰が据わり、隙がなかった。遣い手とみていい。

廊下にも、ひとのいる気配があった。三、四人いるらしい。松坂たちといっしょに来て廊下に残ったようだ。

4

松坂は床の間を背にして立つと、座している中峰を見すえ、

「中峰どの、何事でござる」

と、居丈高に言った。

松坂の右手に浅田と座敷にいた長谷川が立ち、左手をふたりの武士がかためた。四人は、泉十郎たちを睨むように見すえている。

中峰はすぐに立ち上がり、

「控えい！　上意でござる」

と、声高に言うと、松坂の正面に立って懐から折り畳んだ奉書を取り出し、松坂に示した。

松坂の顔が一瞬ゆがんだが、

「たわごとは、やめられい！　勝手にそのような偽書を持参し、他家の屋敷内に乗り込んできて、狼藉を働くとは何事だ！」

と叫び、廊下側に後じさった。

「松坂どの、切腹の沙汰でござる。潔く腹を召されい！」

中峰が奉書をかかげて、松坂に迫った。

そのとき、左手に立った武士のひとり、長身の男がいきなり刀を抜き、中峰に切っ先をむけようとした。

すると、植女が立ち上がりざま、鋭い気合とともに抜きつけた。シャッ、という刀身の鞘走る音がし、閃光が逆袈裟にはしった。居合の神速の一刀である。

次の瞬間、長身の男の右腕が截断され、握った刀とともに足元に落ちた。

ギャッ！　という絶叫を上げ、長身の男は截断された右腕から血を撒きながら後じさった。顔が引き攣っている。

植女の動きは、それでとまらなかった。素早い動きで身を引き、刀を抜こうとして柄に手をかけた長谷川に袈裟に斬りつけた。

居合から二の太刀を袈裟へ――。素早い連続技である。植女の切っ先が、長谷川の肩から胸にかけて斬り裂いた。

長谷川は呻き声を上げてよろめき、踵を何かにひっかけて仰向けに倒れた。身を捩って立ち上がろうとしたが、体が俯せになっただけだった。座敷が血に染まっている。

植女につづいて、泉十郎たち六人が立ち上がった。泉十郎は浅田の前に立ち、千野と大草が切っ先を松坂ともうひとりの武士にむけた。

「おのれ!」

叫びざま、浅田が抜刀した。もうひとりの武士は、その場につっ立っている松坂の前にまわり込んで刀を抜き、切っ先を千野たちにむけた。

と、廊下側の障子が、バタバタと開いた。武士が三人、抜き身を手にして座敷に入って来ようとしていた。松坂といっしょに奥から来た者たちらしい。

廊下側だけではなかった。隣の部屋との境に閉ててあった襖が開け放たれ、身を潜めていた武士たちが姿をあらわした。五人いる。いずれも、襷(たすき)で両袖を絞り、抜き身を手にしていた。

……来たな!

泉十郎は胸の内で叫び、いきなり踏み込んで、浅田に斬りつけた。

袈裟へ――。一瞬の太刀捌きである。

浅田の肩から胸にかけて小袖が裂け、赤くひらいた傷口から血が飛び散った。浅田は呻き声を上げてよろめいた。

泉十郎は浅田にかまわず、

「廊下にふたり!　後ろへふたりまわれ!」

叫びざま、反転して背後の座敷に体をむけると、血刀を引っ提げたまま姿を見せた五人に近付いた。添島と栃原が、泉十郎につづいた。

廊下には、大草と原島がむかった。松坂のそばに残ったのは、植女と千野、それに中峰である。

イヤアッ!

泉十郎は裂帛の気合を発し、姿を見せた五人のなかほどにいた大柄な武士に、袈裟に斬りつけた。構えも牽制もない唐突な仕掛けだった。

一瞬、大柄な武士は切っ先を泉十郎にむけて構えようとしたが、間に合わなかった。

泉十郎の切っ先が、大柄な武士の首筋をとらえた。

首から、血が驟雨のように飛び散った。

大柄な武士は血を撒きながらよろめき、足がとまると腰から崩れるように座敷に転倒した。

この凄絶な一撃を目にし、残った四人の武士は顔を恐怖で引き攣らせ、刀を手にしたまま後じさった。

泉十郎の動きは、それでとまらなかった。大柄な武士の脇にいた中背の武士に迫り、間合に入ると、すぐに斬り込んだ。素早い動きである。泉十郎は、こうした屋敷内の狭い場所での闘いは、敵の機先を制することが勝負を決めることを知っていたのだ。

真っ向へ斬り込んだ泉十郎の切っ先が、中背の武士の額をとらえた。額に血の線がはしった次の瞬間、額が割れて血と脳漿が飛び散った。中背の武士は悲鳴も上げず、腰から崩れるように転倒した。即死といっていい。

残った三人の敵に、泉十郎、添島、栃原が迫った。すでに、敵の三人は戦意を失っていた。泉十郎たち三人が座敷に入って切っ先をむけると、三人の敵は廊下側の障子をあけて、座敷から飛び出した。

敵の三人は、抜き身を引っ提げたまま玄関の方へ逃げた。

泉十郎、添島、栃原の三人も廊下に飛び出した。泉十郎は逃げる三人を追わなかったが、添島と栃原は後を追おうとした。

「追うな!」

泉十郎はふたりに声をかけ、すぐに反転した。

松坂や中峰たちのいる座敷の廊下で、大草と原島が敵と切っ先をむけ合っていた。ひとり、血に染まって廊下に倒れている。

そこへ泉十郎たち三人が近付くと、敵のふたりは後じさった。そして、大草たちとの間があくと、反転して屋敷の奥へ逃げた。

泉十郎たち五人は逃げるふたりを追わず、血刀を引っ提げたまま中峰や松坂のいる座敷にもどった。

座敷に立っていたのは、松坂、中峰、植女、千野の四人だった。もうひとり、松坂のそばにいた敵は、血塗(ちまみ)れになって座敷に倒れていた。植女か千野に斬られたらしい。ひとりになった松坂は、恐怖に顔を引き攣らせて身を顫(ふる)わせていた。

中峰が松坂の前に立ち、あらためて奉書を示し、

「松坂どの、上意でござる。腹を召されい！」

と、声高に言った。

「な、中峰どの、見逃してくれ。お、おれは、西川さまに、騙(だま)されたのだ」

松坂が激しく身を顫わせて言った。

「松坂どの、往生際(おうじょうぎわ)が悪いぞ」

中峰はそう言った後、

「武士らしく、腹を召されい！」

と、語気を強くして言った。

「……！」

松坂はその場にへたり込んだが、両腕をだらりと下げたままだった。襟をひろげて、腹を出そうとはしない。

「これを遣われるがいい」

中峰が小刀を抜き、刀身を懐紙でつつんで松坂の手に握らせた。

それでも、松坂は腹を切ろうとしなかった。小刀を手にしたまま身を顫わせている。

「それがし、介錯つかまつる」

泉十郎は松坂の前に行き、松坂の両襟をつかんで強引に開いた。そして、背後に立つと、刀を振り上げた。

「松坂どの、切っ先を腹に当てるだけでいい」

泉十郎が声をかけた。

すると、松坂は手を震わせ、脇差の切っ先を己の腹に近付けた。

切っ先が松坂の腹に触れた瞬間、泉十郎は手にした刀を一閃させた。

にぶい骨音がし、松坂の首が前に垂れ下がった。泉十郎は松坂の喉皮だけを残して首を斬ったのである。

松坂の首根から、血が赤い帯のように疾った。噴出した血が、座敷に赤い花びらを散らすようにひろがっていく。

5

中峰の屋敷の座敷に、六人の男が座していた。泉十郎、植女、千野、大草、原島の五人と、当主の中峰である。

「春らしくなってきたな」

そう言って、中峰がすこしあいていた障子の間に目をやった。中庭に植えられた梅の蕾がふくらみ、ほころびはじめていた。今日は穏やかな晴天で、春の到来を感じさせる日差しが縁側に満ちている。

泉十郎たちが、松坂を切腹させてから二カ月余が過ぎていた。泉十郎たちは、明日滝田藩を出立し、江戸に向かうことにしていた。泉十郎たちが松坂を切腹させてから、これほど長く滝田藩の領内にとどまったのには、理由があった。

江戸にいる年寄の西川政右衛門にどのような沙汰が下され、城代の森重が隠居した後、城代の座にだれが座るのか、泉十郎たちは知りたかった。それに、もうひとつ大きな理由があった。江戸からいっしょにきた千野に、松坂が腹を切ったためにあいたままになっていた城代組番頭の座がまわってきたからだ。その祝いの席に、泉十郎たちも招かれたりして、江戸へ帰るのが遅れたのである。

大草や原島にはまだ何の沙汰もなかったが、相応の役目に就けるはずだ。

「森重さまは、ゆりどのの婿にだれを選んだのですか」

泉十郎が、中峰に訊いた。

すでに、泉十郎たちは中峰から、森重が藩主の盛高の諮問に対し、城代を退いた後、江戸家老の矢島太左衛門が適任だと上申し、盛高も承知していると聞いていた。そのことから、泉十郎は森重が娘のゆりの婿も決めているとみたのである。

「殺された俊之助どのの弟、智次郎どのらしい」

中峰が笑みを浮かべて言った。

「智次郎どのは、まだ若いと聞いていますが」

「若いが、十五だ。とうに、元服も終えている。ゆりどのとは、同い歳らしいぞ。何年かすれば、いい夫婦になるだろう」

「矢島家はどうなります」

泉十郎が訊いた。

「三男の庄三郎どのがいる」

中峰によると、庄三郎は十二歳だという。

「元服は」

「まだのようだ。……だが、太左衛門どのは、まだお若い。五年でも十年でも御城代として滝田藩を引っ張っていけるはずだ。庄三郎どのが矢島家を継ぐのは、まだまだ先だろう」

「いかさま」

泉十郎はうなずいた。

いっとき、座敷にいた男たちは、智次郎とゆりの婚礼の話をつづけたが、

「すこし、冷えるな」

と言って、中峰があいていた障子をしめた。そして、あらためて泉十郎と植女の前に座り直すと、

「これは、わが藩からの礼だ。些少だが、とっておいてくれ」

そう言って、懐から袱紗包みを取り出した。切餅がつつんであるようだ。

切餅は、一分銀を百枚、方形に紙につつんだ物である。一分銀が四枚で一両だった。したがって、切餅ひとつで二十五両である。

「遠慮なく、いただきます」

泉十郎は、袱紗包みを手にした。切餅が四つ包んであった。百両である。泉十郎は、江

戸を発つとき、兵助を通して相馬土佐守から百両を渡されていたが、植女とおゆらとで三等分し、しかも江戸から陸奥まで長旅をつづけたこともあって懐が寂しくなっていたのだ。中峰は、泉十郎が袱紗包みを懐にしまうのを見てから、

「明日、何時ごろ、発つ」

と、訊いた。

「明け六ツ（午前六時）には、発つつもりです」

泉十郎と植女は、松坂が切腹した後、光林寺を出て千野家の屋敷で寝泊まりしていたのだ。

「大草と原島も、近いうちに江戸へむかうと思う。そのときは、よろしく頼む」

中峰が言った。大草と原島も、まだ領内にとどまっていた。千野とともに、松坂家にいた城代組の者たちの対応にあたっていたのである。

翌朝、泉十郎と植女は旅装束に身をかため、まだ暗いうちに千野家を出た。千野、大草、原島の三人が、送ってきた。

泉十郎と植女は奥州街道につづく脇街道まで来て、路傍に足をとめた。

「ここまででいい。だいぶ、陽も高くなった」

と言って、泉十郎が東の空に目をやった。

雑木林の枝葉の間から朝日が差し、街道に落ちた木洩れ日がチラチラと揺れていた。五ツ（午前八時）ちかいのではあるまいか。

「ここまでにしよう」

千野が言い、三人は路傍に足をとめた。

「江戸に来たら、声をかけてくれ」

泉十郎がそう言い残し、植女とともに歩きだした。

泉十郎と植女は千野たちから分かれ、脇街道を小半刻（三十分）ほど歩いたとき、街道沿いの太い杉の樹陰に、巡礼がいるのを目にとめた。木の切り株にでも腰を下ろして、一休みしているらしい。

「おゆらだ」

泉十郎が言った。

巡礼はおゆらだった。先に来て、泉十郎たちを待っていたらしい。笈摺を着て、菅笠と背負っていた笈は脇に置いてあった。

おゆらは、すぐに笈を背負い、菅笠を手にして泉十郎たちに近付いてきた。

「ふたりが来るのを待ってたんです」

おゆらが、身を寄せて言った。

「そうか、おれたちも、おゆらが姿を見せるのを待っていたのだ」

泉十郎が言うと、

「植女の旦那(だんな)も、あたしのこと待っててくれたのかい」

おゆらが、さらに植女に身を寄せて訊いた。

「まァな」

植女は気のない返事をした。

「嬉(うれ)しいねえ」

「おゆら、今夜、おれたちは白河に宿をとるつもりだ。渡す物があるので、顔を出してくれ」

泉十郎は、中峰からもらった金をおゆらにも渡すつもりだった。

「分かった。今夜ね」

おゆらは、そう言って植女に目配せすると、足早に泉十郎たちから離れていった。

植女は白けたような顔をして、おゆらの巡礼姿を見送っている。

奥州 乱雲の剣　はみだし御庭番無頼旅

一〇〇字書評

切・り・取・り・線

購買動機（新聞、雑誌名を記入するか、あるいは○をつけてください）

□（　　　　　　　　　）の広告を見て	
□（　　　　　　　　　）の書評を見て	
□ 知人のすすめで	□ タイトルに惹かれて
□ カバーが良かったから	□ 内容が面白そうだから
□ 好きな作家だから	□ 好きな分野の本だから

・最近、最も感銘を受けた作品名をお書き下さい

・あなたのお好きな作家名をお書き下さい

・その他、ご要望がありましたらお書き下さい

住所	〒				
氏名		職業		年齢	
Eメール	※携帯には配信できません	新刊情報等のメール配信を 希望する・しない			

この本の感想を、編集部までお寄せいただけたらありがたく存じます。今後の企画の参考にさせていただきます。Eメールでも結構です。

いただいた「一〇〇字書評」は、新聞・雑誌等に紹介させていただくことがあります。その場合はお礼として特製図書カードを差し上げます。

前ページの原稿用紙に書評をお書きの上、切り取り、左記までお送り下さい。宛先の住所は不要です。

なお、ご記入いただいたお名前、ご住所等は、書評紹介の事前了解、謝礼のお届けのためだけに利用し、そのほかの目的のために利用することはありません。

〒一〇一－八七〇一
祥伝社文庫編集長　坂口芳和
電話　〇三（三二六五）二〇八〇

祥伝社ホームページの「ブックレビュー」からも、書き込めます。

http://www.shodensha.co.jp/bookreview/

祥伝社文庫

奥州乱雲の剣　はみだし御庭番無頼旅

平成30年3月20日　初版第1刷発行

著者　鳥羽亮

発行者　辻　浩明

発行所　祥伝社

東京都千代田区神田神保町3-3
〒101-8701
電話　03（3265）2081（販売部）
電話　03（3265）2080（編集部）
電話　03（3265）3622（業務部）
http://www.shodensha.co.jp/

印刷所　萩原印刷
製本所　ナショナル製本
カバーフォーマットデザイン　中原達治

 ISBN978-4-396-34400-9 C0193

〈祥伝社文庫　今月の新刊〉

矢月秀作

人間洗浄（下）D1 警視庁暗殺部

D1リーダー周藤が消息を絶つ。現場には大量の弾痕と血が残されていた……。

西村京太郎

私を殺しに来た男

十津川警部がもっとも苦悩した事件とは？西村京太郎ミステリーの多彩な魅力が満載！

安東能明

ソウル行最終便

盗まれた8Kテレビの次世代技術を奪還せよ。日本警察と韓国産業スパイとの熾烈な攻防戦。

鳥羽　亮

奥州　乱雲の剣 はみだし御庭番無頼旅

長刀をふるう多勢の敵を、庭番三人はいかに切り崩すのか？ 規格外（はみだし）の一刀！

睦月影郎

よがり姫 艶めき忍法帖

ふたりの美しい武家女にはさまれ、悦楽の極地へ。若い姫君に、殿方の体の手解きを……。

門田泰明

汝（きみ）よさらば（一） 浮世絵宗次日月抄

「宗次を殺る……必ず」憎しみが研ぐ激憤の剣。刃風唸り、急迫する打倒宗次の闇刺客！